ANTON LEISS-HUBER

Altötting sehen und sterben

PATRONA BAVARIAE Es herrscht Hochsaison im katholischen Epizentrum Bayerns. Weihnachten steht vor der Tür. Auf dem Kapellplatz befindet sich der schönste und besinnlichste Christkindlmarkt Deutschlands. Im Minutentakt halten Busse, und Horden internationaler Touristen stürmen den Platz. In dieses Spektakel platzt die Nachricht eines Mordes. Die ansässige Unternehmergattin Annamirl Leidl-Berggump wurde am helllichten Tag in ihrem Haus mit einem Nussknacker erschlagen. Der junge Oberkommissar Max Kramer beginnt mit den Ermittlungen. Doch wie aus dem Nichts steht die Ermordete wieder leibhaftig vor ihm. Sie selbst ist von ihrem angeblichen Ableben ebenso überrascht wie der Kommissar über ihre plötzliche Auferstehung. Schnell ist klar, die Tote ist eine Angestellte der Unternehmergattin und trug bei ihrem Tod ein Kleid der Hausherrin. Schwebt Annamirl Leidl-Berggump in Gefahr? Hatte der Mörder es auf die Hausherrin abgesehen? Max muss schnell herausfinden, ob eine Verwechslung vorliegt, bevor der Mörder erneut zuschlagen kann. Der Hilfe von Maria Evita kann er gewiss sein.

Anton Leiss-Huber wurde im oberbayerischen Altötting geboren. Er ist studierter Opernsänger und Schauspieler. Einem breiten Publikum wurde er in den letzten Jahren vor allem durch seine Auftritte im deutschen Fernsehen bekannt. Man kennt ihn aus der Musiksendung des BR-Fernsehens »Brettl-Spitzen«, der bayerischen Kultserie »Im Schleudergang«, verschiedenen Dokumentationen oder unterschiedlichen Radiosendungen auf BR-Heimat. »Altötting sehen und sterben« ist sein fünfter Kriminalroman um den jungen Oberkommissar Max Kramer und seine Jugendliebe, die Novizin Maria Evita.

ANTON LEISS-HUBER

Altötting sehen und sterben

KRIMINALROMAN

GMEINER

Immer informiert

Spannung pur – mit unserem Newsletter informieren wir Sie regelmäßig über Wissenswertes aus unserer Bücherwelt.

Gefällt mir!

Facebook: @Gmeiner.Verlag
Instagram: @gmeinerverlag
Twitter: @GmeinerVerlag

MIX
Papier | Fördert gute Waldnutzung
FSC® C083411

Besuchen Sie uns im Internet:
www.gmeiner-verlag.de

Im Ehnried 5, 88605 Meßkirch
Telefon 07575/2095-0
info@gmeiner-verlag.de

1. Auflage 2022

Herstellung: Mirjam Hecht
Umschlaggestaltung: U.O.R.G. Lutz Eberle, Stuttgart
unter Verwendung eines Fotos von: © Hartmut / AdobeStock
Druck: CPI books GmbH, Leck
Printed in Germany
ISBN 978-3-8392-0228-9

Jede Ähnlichkeit mit tatsächlichen Begebenheiten aus meinem Lebenslauf und mit tatsächlich lebenden Menschen, Geschehnissen und Institutionen um mich herum ist rein zufällig.

»Neapel sehen und sterben!«

Johann Wolfgang von Goethe
in seiner Italienischen Reise
angelehnt an »Vedi Napoli e poi muori«

*

»Kaum hatte es das gesagt, da lag ein prächtig silbern Kleid vor ihm, Perlen, seidene Strümpfe mit silbernen Zwickeln und silberne Pantoffel und was sonst dazu gehörte.«

Aschenputtel
Kinder- und Hausmärchen Band I,
Brüder Grimm

Für ganz Altötting

»Ihr Kinder stellt die Schuh' hinaus«
unbekannter Verfasser (Volksgut)

Ihr Kinder, stellt die Schuh' hinaus,
denn heute kommt der Nikolaus.
Und wart ihr immer gut und brav,
dann lohnt's euch Nikolaus im Schlaf.

Er bringt euch Äpfel, Feigen, Nüss'
und gutes Backwerk, zuckersüß.
Doch für das böse, schlimme Kind
legt er die Rute hin geschwind.

INHALT

BLUTROT

Erstaunlich: Blut spritzte nicht, es floss. Die Spritzer entstanden lediglich durch die Auf- und Abwärtsbewegungen des Nussknackers, der dabei den Schädel zertrümmerte. Der erste Schlag betäubte sie. Beim zweiten ging sie zu Boden. Der dritte war bereits der entscheidende, die restlichen zur Sicherheit. Zurück blieb ein Berg aus Stoff auf dem Boden, der das warme Blut, welches aus ihrer Stirn quoll, wie ein Schwamm aufsog. Es bedeckte ihr Gesicht, ihre Ohren, ihren Hals und verwandelte die menschlichen Züge in eine rote Masse. Doch das überbordende Kleid vergrub den geschundenen Körper, sodass jedem Hereinkommenden der grauenerregende Anblick fürs Erste erspart blieb.

1. IHR KINDER

Fräulein Schosis Stimme dröhnte durch den Hausflur, als wäre sie eine Mischung aus Werwolf und Godzilla. Sie war in einen dunklen Umhang aus Fell und alten Jutesäcken gehüllt und hatte sich ihr Gesicht mit einem verkohlten Korken schwarz angestrichen. In ihren Händen hielt sie einen ebenfalls schwarzen Leinensack, der ein jämmerliches Schluchzen von sich gab, sobald sie ihn gegen eine Wand schleuderte. Fräulein Schosi hatte sich komplett verwandelt und jeglichen weiblichen Zug aus ihrem Auftreten gestrichen. Ihre Interpretation des Krampus', als Begleiter des heiligen Nikolauses, hinterließ bei ihrem Arbeitgeber, dem emeritierten Stadtpfarrer Monsignore Hirlinger, einen versteinerten Gesichtsausdruck. So kannte er seine Haushälterin gar nicht. Hirlinger schwankte deshalb zwischen Faszination und Unbehagen. »Was haben Sie eigentlich in dem Sack da drinnen?«

»Einen Stofftieraffen, der auf Erschütterung reagiert und dann anfängt, solche quietschenden Laute von sich zu geben.«

»Wo hab'n S' denn den her?«

»Vom Spielzeug Röber.«

»Aha.« Die Augen des Monsignore hafteten an dem wimmernden Sack. »Warum ham S' denn des Stofftier um Gottes willen da drinnen?«

»Dass die Kinder auch glauben, dass ich sie sicher da reinstecke, wenn sie ned artig sind. Ganz einfach.«

Hirlinger konnte sich ein abschätziges Schmunzeln nicht verkneifen. »Sie machen den Kindern damit wirklich Angst, das is Ihnen schon klar?«

»Ah geh, papperlapapp, die sind nix mehr gewohnt. Alle zu sehr verhätschelt. Einmal im Jahr darf es schon ein bissal rauer zur Sache gehen. Hab'n Sie zufällig meine Rute gesehen?«

»Die haben Sie vorher neben der Haustüre abgelegt.«

»Ach ja, stimmt.« Fräulein Schosi stampfte Richtung Ausgang, bückte sich unter einem Ächzen, griff nach einem länglichen Reisigbündel und rappelte sich wieder auf. »Die zieht ganz schön«, sagte sie und schwang sie durch die Luft, dass Hirlinger angst und bange wurde.

»Sie wollen die Kinder doch ned etwa damit schlagen?«

»Die braven sicher nicht!«

»Auch die anderen nicht«, rief Hirlinger entsetzt.

Fräulein Schosi rollte mit den Augen. »Natürlich ned! Was glauben Sie denn von mir? Kinder verdrischt man erst ab zwölf.«

»Bitte?«

»Das war ein Witz, Monsignore.«

Hirlinger betete inständig, dass seine Haushälterin auch meinte, was sie sagte. »Na dann woll' ma mal. Die Polizisten warten sicher schon auf uns.« Seine Hand wies zur Tür, und Fräulein Schosi trottete an ihm vorbei.

»Ham Sie scho' a Taxi b'stellt, Monsignore?«

»Wartet unten. Bitte halten Sie sich bei den Kindern nachher a bissal zurück. Ich möchte nicht, dass es Tränen gibt.«

»Auch wenn es für mich eine Premiere ist, ich weiß schon, was ich tue. Keine Sorge.«

*

Es war von Anfang an eine Scheißidee! Aber was tat man nicht alles, wenn das Helferbedürfnis ansprang. Oberkommissar Max Kramer steckte in einem Nikolauskostüm, und die Mitra auf seinem Kopf rutschte dank seiner weißen Perücke hin und her. Alle paar Minuten fiel sie auf den Boden, und Max konnte sein Fluchen darüber nur mit Mühe unterdrücken. Am liebsten hätte er hemmungslos drauflosgeschimpft, aber da jederzeit ein Kind um die Ecke biegen konnte, durfte er keine Sekunde aus der Rolle des heiligen Mannes fallen. An seiner Seite tobte Fräulein Schosi als Krampus, die anscheinend in dieser Teufelsfigur ihre wahre Bestimmung gefunden hatte. Wild fuchtelte sie mit einer Rute durch die Gegend und zog mit der anderen einen schwarzen Sack hinter sich her, der bei jeder heftigen Erschütterung jämmerlich zu wimmern begann. Max war heilfroh, dass er in ihr auf die Schnelle Ersatz gefunden hatte, denn eigentlich war sein Kollege Fritz Fäustl als Nikolaus-Assistent vorgesehen gewesen. Der hatte sich allerdings in der Vorbereitungsphase krankgemeldet.

In diesem Jahr fiel der sechste Dezember auf einen Samstag, und seine Kollegen hatten vorgeschlagen, die Weihnachtsfeier der Kriminalpolizeistation Mühldorf in eine vormittägliche Nikolausfeier umzuwandeln. Auf diese Weise könnten die Kollegen, die bereits Familie hatten, ihre Kinder mitbringen. Solange er mit der Organisation des Ganzen nicht behelligt worden war, hatte Max nichts dagegen gehabt. Er hatte die Idee anfangs sogar für gut befunden. Aber unerwartet hatte die Grippewelle bereits im November in der Kriminalpolizeistation um sich gegriffen, und auf einmal hatte sich Max an der Spitze des Orga-Teams wiedergefunden. Nicht freiwillig, sondern weil sein Chef Veit Kunfter ihn auf dem Gang um Hilfe gebeten hatte. Direkt angefleht hatte er ihn, um bei der Wahrheit zu bleiben. Nun steckte Max bis zum Kopf in diesem nach Mottenpapier müffelnden roten Bischofsgewand, das ihm Monsignore Hirlinger freundlicherweise von der Pfarrei besorgt hatte. Wütend trat er mit der Spitze seines Stiefels gegen die Bodenleiste und fluchte stumm vor sich hin. Es gab kein Zurück mehr. Max klemmte sich sein goldenes Buch unter die Achsel und umklammerte mit der anderen den goldenen Bischofsstab. Mehrere DIN-A4-Seiten mit guten und schlechten Taten befanden sich in der glänzenden Mappe. Alle Eltern hatten Max das Sündenregister ihrer Kinder zugesteckt, und nun würde er jedem einzelnen Polizeisprössling die Leviten lesen. Showtime! Er zwang sich zu einem Lächeln, welches man unter dem Rauschebart sicher eh nicht wahrnahm.

Sein Kollege Fritz Fäustl grinste ihm schadenfroh entgegen, als er den Saal des Gasthofs betrat, den sie für die Feier im nahen Pleiskirchen extra angemietet hatten. Dieser Nikolausaufzug war ihm so peinlich, dass er unter allen Umständen verhindern wollte, jemandem zufällig aus Altötting oder Mühldorf zu begegnen. Außerdem hatte er der gesamten anwesenden Kriminalpolizeistation das Filmen und Fotografieren untersagt.

Die Tische waren in einer Hufeisenform aufgereiht. Fäustl hatte mit seiner Freundin Evi, einer fränkischen vollbusigen Blondine, im hinteren Eck Platz genommen. Von dort konnte er die gesamte Szenerie genau im Blick behalten. Max schenkte ihm einen finsteren Blick. Die Nummer mit der Grippe nahm er ihm nicht ab. Fäustl wollte sich sicher nur vor der Aufgabe drücken. Sein dämliches Grinsen konnte sich Fäustl sonst wohin stecken. Manchmal war sein Kollege ein richtiger Arsch. Seine Genesung war verdächtig schnell gegangen. In diesem Moment wünschte er ihm einen Rückfall mit einundvierzig Grad Fieber.

Fräulein Schosi grunzte und stöhnte beim Eintreten, dass sich die ersten Kinder verschüchtert an ihre Eltern drückten.

»Nicht ganz so dick auftragen«, flüsterte Max ihr zu, da bereits nach den ersten Sekunden ihrer Anwesenheit manchem Kind das blanke Entsetzen im Gesicht stand.

Zwischen den Tischen hatten sich vier Mädchen und zwei Jungen postiert, die, so wusste Max, eine Kleinigkeit zur Begrüßung des Nikolauses vorbereitet hatten. Begleitet wurden die sechs von zwei weiteren Kindern mit Kurzhaarschnitt, die auf ihren Blockflöten bliesen und die dazugehörigen Noten am Ende der Tafel ausgebreitet hatten. »Heiliger Nikolaus, du braver Mo, i sing dir a Liadl so gut wia i ko…« Der Engelschor wies eindeutige Intonationsschwächen auf. »Sag zu deim Krampal glei, i bin no so kloa, er derf mi fei ja net in Sack eine doa.«

Ein Urschrei überkam Fräulein Schosi, und sie schleuderte den mitgebrachten Sack gegen den Stuhl, der eigentlich für den heiligen Nikolaus bereitgestellt worden war. Das Quietschen im Sack wurde von der Kakofonie der zweiten Strophe übertönt. Irgendwo begann ein Kind zu schluchzen, und Max vernahm eine mütterliche Stimme. »Der tut dir schon nix.« Hoffentlich fand Fräulein Schosi nicht noch mehr Gefallen an ihrer Rolle des finsteren Gesellen, sonst würde das hier in einer Heulorgie der Zwerge enden.

Der Chor war zuerst fertig, während die Flötenbläser noch um zwei Takte hinterherhinkten.

»Das habt ihr sehr schön gemacht«, sagte Max mit tiefer Stimme. Fäustl lachte laut auf. Der Blick, den Max ihm dafür zuwarf, war voller Verachtung. Aber da seine Perücke bis tief in die Stirn gerutscht war und der Rauschebart bis knapp unter die Nase ging, bekamen die Zuschauer davon nichts mit.

Nur Fäustl ahnte, dass sein Lacher beim heiligen

Nikolaus keinen Begeisterungssturm hervorrief. Seine Freundin Evi hatte ihn in die Rippen gestoßen, und auch ihr Gesichtsausdruck sprach Bände. Entschuldigend hob er seine Kaffeetasse und prostete Max zu.

Es wurde Zeit, mit dem Programm zu beginnen. »Du da, wie heißt du?« Max deutete auf einen Jungen aus dem Chor.

»Lenz«, kam aus dem Angesprochenen eingeschüchtert hervor.

»Komm her, du darfst meinen Stab halten.«

Vorsichtig näherte sich Lenz und ergriff den Bischofsstab. Nach den ersten Sekunden, in denen es nicht so aussah, als ob Lenz die Situation genießen würde, bekamen seine Augen ein stolzes Glänzen. Max nickte ihm anerkennend zu, schlug das goldene Buch auf und erhob seine tiefe Stimme.

»Wo ist denn die kleine Hauser Leoni?«

Nichts rührte sich, also wiederholte Max seine Frage, und Fräulein Schosi schlug mit ihrer Gerte auf den Boden. Auf der rechten Seite erhob sich eine Mutter, die Max als Frau seines Kollegen Henri Hauser identifizierte. Sie bückte sich und steckte ihren Kopf unter das Tischtuch, das weit über die Kante nach unten hing und keinen Blick auf das Geschehen darunter zuließ. »Leoni, komm.«

»Nein«, brüllte eine Kinderstimme.

»Der Nikolaus ist ein ganz ein Lieber.«

»Nein!«

»Jetz' komm halt, bitte.«

»Neiiiiiin!«

Fräulein Schosi war im Begriff, zu einem erneuten Schlag mit ihrer Rute auszuholen, aber Max hielt sie zurück. »Das ist jetzt echt kontraproduktiv«, flüsterte er ihr zu.

Frau Hauser bückte sich und zog ein Mädchen von ungefähr vier Jahren mit blonden Locken am ausgestreckten Arm aus ihrem Versteck hervor.

»Leoni, ich zähle jetzt bis drei, und dann bist du vorne beim Nikolaus, sonst darfst morgen nicht zur Oma! Hast mich verstanden?«

»Nein!«, brüllte Leoni und begann zu schluchzen.

»Eins!«

»Neiiiiiin!«

»Zwei! Leoni, ich rufe die Oma an und sag ihr, dass wir sie morgen nicht besuchen werden.« Frau Hauser zog ein Mobiltelefon aus der Hosentasche.

Augenblicklich wandte sich das Mädchen um und eilte auf Max zu. Weinend hielt sie einen Schnuller in der Hand. Ihre Mutter setzte sich erleichtert zurück auf ihren Stuhl.

Max warf einen Blick in die Notizen. »Leoni, du willst also dem Nikolaus endlich deinen heimlichen Diddi schenken, den du seit einem Jahr in deinem Zimmer versteckst. Habe ich das in meinem goldenen Buch richtig gelesen?«

Mehr als ein weinerliches Nicken brachte Leoni als Antwort nicht zustande.

»Ich erinnere mich, dass du mir vor einem Jahr schon mal deine Diddis überreicht hast und dabei versprochen hast, dass du sie nimmer brauchen wirst.«

»Ja«, sagte Leoni zögerlich.

Fräulein Schosi erhob sich aus ihrer gebückten Haltung. »Dann hast du damals dem Nikolaus also ganz frech ins Gesicht gelogen, du kleine Laus, du. Ich steck dich gleich in meinen Sack rein und schüttel dich, dass dir Hören und Sehen vergeht.« Zum Zeichen, dass es ihr damit ernst war, schlug sie den Sack gegen ihre Hüfte. Die Bewegung löste erneut das Gewimmer des Stoffaffen aus, und Leoni wurde vor Schreck kreidebleich.

»Is da schon einer drinnen?«, fragte sie leise.

»Freilich. Ein ganz ein frecher Bub war des. Der hat den Nikolaus auch einfach angeschwindelt. Das macht der sicher kein zweites Mal. Der wird sicher nimmer …«

»Mama!«

Als hätte jemand für die Szene auf Vorspulen gedrückt, war Leoni auch schon wieder unter dem Tisch ihrer Mutter verschwunden. Nichts schien sie aufhalten zu können. Fräulein Schosi warf Max einen fragenden Blick zu. Er gab ihr durch ein Kopfschütteln zu verstehen, dass sie beim nächsten Kind weder Rute noch Sack zum Einsatz bringen sollte, um ähnliche Reaktionen zu verhindern. Max blätterte im goldenen Buch und las den nächsten Namen vor. »Felicitas Friedelmayer.«

Diesmal kam die Aufgerufene ohne das Zutun ihrer Eltern nach vorn und machte zur Begrüßung einen kleinen Knicks. Das Mädchen war höchstens sechs oder sieben Jahre alt und äußerst zierlich. Ihr rosafarbenes Tüllröckchen war komplett mit Schleifen verziert. Felicitas wirkte auf Max wie eine Puppe.

»Sehr brav«, lobte er. »So eine Begrüßung gefällt dem Nikolaus.« Er räusperte sich. »Was muss ich hier in meinem Buch über dich lesen, Felicitas? Du isst wie ein Spatz? Das ist nicht schön. Warum isst du denn so wenig?«

»Weil die Mama nicht kochen kann.«

Mit seiner freien Hand griff Max nach seinem Oberschenkel und drückte fest zu, bis der Schmerz kaum mehr auszuhalten war. Er musste sich zusammenreißen, nicht lauthals loszulachen. »Das ist bestimmt nicht wahr, Felicitas.«

»Doch«, bestand das Mädchen auf seiner Anschuldigung.

Durch das Publikum ging ein amüsiertes Raunen.

»Der Nikolaus wünscht sich, dass sich das bis zum nächsten Jahr bessert.«

Felicitas wandte ihren Kopf. »Hast g'hört, Mama? Du sollst bis zum nächsten Jahr Kochen lernen.«

Nun gab es für die Anwesenden kein Halten mehr. Die Menschen an den Tischen bogen sich vor Lachen. Max nutzte den Tumult, um der peinlichen Situation ein Ende zu setzen. Er gab Felicitas das vorbereitete Geschenk, welches ihm Fräulein Schosi reichte, und verabschiedete die Kleine mit einem Winken. Als wieder Ruhe eingekehrt war, rief Max den nächsten Namen aus dem goldenen Buch durch den Wirtshaussaal. Fließbandarbeit.

*

Im Unterprammer'schen Devotionalienhandel am Altöttinger Kapellplatz war Hochsaison. Die Pilger gaben sich buchstäblich die Klinke in die Hand, um, bewaffnet mit Christbaumschmuck, Krippenfiguren oder Mini-Kruzifixen, wieder die Heimreise anzutreten. Auf dem von Kirchen umsäumten Platz davor tobte der Christkindlmarkt, der Touristen aus der ganzen Welt anlockte und die Kleinstadt jedes Jahr in einen Ausnahmezustand versetzte.

Maria Evitas Schläfen wummerten, und sie wünschte dem Kinderchor, der aus den Lautsprechern in den Ecken dröhnte, den baldigen Stimmbruch. Es würde schon reichen, wenn die Musikanlage zeitnah ihren Geist aushauchte. Vielleicht sollte sie nach Ladenschluss heimlich mit einer Heimwerkerzange nachhelfen.

Ihre Tante war dabei, eine Ladung Rauschgoldengel auszuzeichnen, und summte jedes Lied mit. Was für die ältere Dame eine Freude war, war für Maria Evita die reinste Qual. Sie kannte die Playlist seit zehn Tagen auswendig. Nach »Ihr Kinderlein kommet« folgte »Heidschi Bumbeidschi« und danach »Tochter Zion« im vierstimmigen Satz. Die jubilierenden Kindertöne schmerzten in Maria Evitas Gehörgang. Jeder, der behauptete, dass die Vorweihnachtszeit eine der schönsten war, hatte noch nie auf einem Christkindlmarkt oder in einem Devotionalienhandel gearbeitet. Am liebsten hätte sie sich Kopfhörer aufgesetzt, die Lautstärke nach oben gedreht und mit ihrer Lieblings-Punkband einen Gegenangriff gestartet. Nur bitte keine Weihnachtslieder mehr! Nach zu viel Schokolade brauchte man saure

Gurken, und nach zu viel Heidschi-Bumbeidschi-Gesäusel einfach einen guten Song mit Bass und Wumms.

»Wenn ich vier nehme, bekomme ich dann Rabatt?«

»Bitte?« Maria Evita hatte nicht mitbekommen, auf was die Frage des Kunden abzielte, der in Mantel und Hut vor ihr stand.

»Ja, von diesem Geflügel da.« Er deutete auf eine ganze Pyramide an Rauschgoldengeln, die ihre Tante, Frau Unterprammer, neben der Kasse drapiert hatte.

»Tante Traudl, gewähren wir Rabatt, wenn der Herr gleich vier Rauschgoldengel auf einmal kauft?«

»Aber selbstverständlich könn' ma da a bissal was nachlassen. Zwei Euro.«

Der Kunde überlegte. »Also dann sechsundvierzig statt achtundvierzig?«

Maria Evita nickte zustimmend.

»Dann packen Sie mal vier von denen ein.« Aus der Manteltasche holte der Mann ein Portemonnaie und zückte einen Fünfzigeuroschein.

Am liebsten hätte Maria Evita ein Massaker an den hässlichen goldenen Wesen mit dem krausen Haupthaar veranstaltet, während sie diese mit Papier umwickelte und für den Kunden in eine Tüte versenkte. Das hätte aber auch bedeutet, ihren Lebensunterhalt zu schmälern, denn seit den letzten Osterfeiertagen war sie wieder bei ihrer Tante im Laden angestellt und lebte zusammen mit ihr ein Stockwerk darüber. Ihr war nach dem Rauswurf als Novizin aus dem nahen Nonnenkloster nichts anderes übrig geblieben. Seither arbeitete sie täglich an ihrem Gleichmut. Der ehemalige Stadtpfarrer Monsignore Hirlinger, in Personalunion auch ihr Vertrauter und bester Freund, hatte ihr geraten, jedes Mal, wenn sie drohte, aus der Haut zu fahren, stumm eine mantrische Zahlenreihe aufzuzählen. So habe er auch all die Jahre mit seiner Haushälterin durchgestanden. Fräulein Schosi war eine lebenslange Geduldsprüfung, um die den Monsignore kein Altöttinger beneidete. Auf die Frage, ob er denn nie daran gedacht hatte, Fräulein Schosi zu entlassen, antwortete er grundsätzlich mit einem entschiedenen Nein, um nach einer kurzen Pause nachzuschießen, dass er durchaus Mord in Betracht gezogen habe. Dafür schäme er sich zwar, aber er sei halt auch nur ein Mensch.

Maria Evita überreichte dem Herrn seine Weihnachtseinkäufe und verabschiedete ihn mit einem »Gott segne Sie«. Ihre Tante hielt ihm die Türe auf. Kaum dass der Mann durch jene verschwunden war, betrat eine ältere Dame den Laden. Sie steckte in einem auffälligen blauen Lodenmantel mit Nerzbesatz. An ihren Armgelenken klimperten mehrere Reifen und Bettelarmbänder. Zielgerichtet steuerte sie auf Traudl Unterprammer zu und schien von Maria Evita nicht die geringste Notiz zu nehmen. Sie kehrte ihr den Rücken zu und spitzte die Lippen, um Frau Unterprammer einen Kuss links und einen rechts auf die Wange zu hauchen.

»Traudl, ich grüße dich. Du, ich hab's grad furchtbar eilig. Ich brauche so einen Nussknacker, wie man ihn aus dem Märchen kennt. Weißt schon, so einen mit Bart und Hakennase, der mit seinem Mund die Nüsse aufbricht. Hast du grad so einen parat?«

»Ja, da bei den Krippenfiguren stehen noch drei weiße und zwei rote.« Frau Unterprammer deutete hinter Annamirl Leidl-Berggump, die sich daraufhin umdrehte.

»Ach, Schwester, das freut mich ja, Sie hier zu treffen«, sagte sie mit gespielter Überraschung, als sich Maria Evita in ihr Blickfeld schob.

»Ich bin keine Novizin mehr.«

»Ja, ich weiß schon, aber ich hab die Anrede immer noch so drin. Das ist schwer, von heut auf morgen abzulegen.«

»Ich bin bereits an Ostern rausgeflogen.«

»So lang is des schon wieder her? Schau an. Schau an. Und gibt's kein Zurück mehr?«

Gerade als Maria Evita darauf antworten wollte, kam ihre Tante ihr zuvor.

»Na ja, der liebe Gott hat jetzt Konkurrenz bekommen.«

»Tante Traudl«, entrüstete sich Maria Evita.

Die Augenbrauen von Annamirl Leidl-Berggump hoben sich. »Ach, ist das so? Ich hab da ja schon was läuten hören beim Frauenbund. Alte Liebe rostet nicht, sag ich immer. Gell?« Ihr Blick glitt taxierend über Maria Evitas Körper und blieb an ihrer Oberweite hängen. »Man sieht aber noch nix.«

»Bitte?« Maria Evita war perplex. »Sie haben gehört, dass ich schwanger bin?«

»Mei, also ich bin die Letzte, die das verurteilt. Es hat schon schlimmere Gründe gegeben, warum Mädchen aus dem Kloster rausg'schmissen worden sind.«

»Jetzt rechnen S' doch selber mal nach. Ausgezogen bin ich im April. Inzwischen ist es Dezember. Müsste ich da nicht schon niedergekommen oder zumindest kurz vorm Platzen sein?«

Der Blick von Annamirl Leidl-Berggump richtete sich nach innen, und man sah ihr an, dass sie ernsthaft überlegte. »Ist ja auch egal«, sagte sie und lachte affektiert. »Also zeigen S' mir mal die Nussknacker.«

*

Der schmiedeeiserne hohe Zaun samt Einfahrtstor zum Anwesen, wie sie das etwas zu groß geratene Einfamilienhaus ihrer Klienten nannte, war frisch gestrichen. Ein Schild wies jeden Besucher darauf hin, tunlichst seine Finger davonzulassen, wollte er oder sie nicht mit einem schwarzen Mal an den Händen enden. Es war ein Neubau, der einen Altbau imitierte, mitten in Altötting. Vorsichtig hatte sie den Schlüssel ins Schloss gesteckt und dabei die eingeklebten Messingschilder am Torpfosten, der bereits getrocknet war, von ihrem Klebeband-Farbschutz befreit. Dieser war nun nicht mehr nötig. Zielstrebig schritt sie über einen Plattenweg auf den Eingang zu, den Schlüssel immer noch in der Hand. Mit einem Klicken sprang die Haustüre auf. Gleich zu Beginn ihres Arbeitsverhältnisses als Pflegerin hatte sie vom Hausherrn einen Generalschlüssel überreicht bekommen. Mittlerweile goss Rita auch Blumen, wenn die Herrschaften im Urlaub waren, oder kürzte die Hosen von Herrn Berggump. In ihrem ersten Leben war sie Schneiderin gewesen, aber damit verdiente man kein Geld mehr.

»Hallo, ich bin's nur«, rief sie durch das leere Haus, wie sie das immer tat, um der bettlägerigen Mutter von Herrn Berggump im ersten Stock keinen Schrecken einzujagen, wenn sie in der nächsten Minute bei ihr aufkreuzte. Rita zog die Jacke aus und hängte diese über den Haken eines Metallmonstrums, das sowohl Kunst als auch Garderobenständer war. Daneben hatten mehrere bunte Klecks-Bilder ihren Platz gefunden. Jedes einzelne Detail war hässlich, fand Rita. Weiterhin herrschte Stille im Anwesen, die nur von einem Surren unterbrochen wurde, das zum Kühlschrank in der Küche des Erdgeschosses gehörte.

Selten traf sie auf die Hausherrin oder eine der polnischen Pflegekräfte. Rita wurde das Gefühl nicht los, dass sie ihr bewusst aus dem Weg gingen. Alle paar Wochen begegnete sie dem Hausherrn, der sich über den Gesundheitszustand seiner Mutter Bericht erstatten ließ. Es schien, als ob sich die Familie untereinander nicht mehr viel zu sagen hatte. Ihre Erfahrungen mit Angehörigen waren unterschiedlich. Es gab die Besorgten oder die Bedrückten, dann noch die Überforderten oder die Ich-überspiele-meinen-Stress-mit-zu-viel-guter-Laune, aber so jemanden wie die Berggumps hatte Rita noch nicht erlebt.

Herr Berggump besaß einen Baustoffhandel und war für die IHK oft deutschlandweit unterwegs, und was seine Frau tat, das wusste Rita trotz der Jahre, die ihr Dienstverhältnis andauerte, immer noch nicht genau.

Früher irgendwas mit Kunst. Manchmal stand Frau Leidl-Berggump auch wegen wohltätiger Dinge oder ihrem Engagement beim örtlichen Frauenbund in der Zeitung, aber höchstwahrscheinlich war sie Privatiere. Hausfrau wollte Rita sie nicht nennen, das würde ja implizieren, dass sich ihre Arbeitgeberin tatsächlich um Haushalt und Familie kümmern würde.

Die Treppenstufen, die nach oben führten, waren aus Sichtbeton und gaben kein Geräusch von sich, wenn man darauf trat. Ein weiterer Grund, warum Rita sich mit ihrer Stimme bemerkbar machte. »Na, wie geht's uns denn heute? Draußen isses saukalt. Mit a bissal Glück bekommen wir heuer weiße Weihnachten. Der Heilige Abend wird halt erst durch Schnee richtig schön. Finden S' nicht?« Eine Antwort würde Rita nicht erhalten, denn die alte Frau konnte seit ihrem Schlaganfall weder sprechen noch sich bewegen.

Oben angekommen lag das Apartment zu ihrer Rechten. Zuerst musste Rita durch ein Vorzimmer, das als begehbarer Kleiderschrank für die ganze Familie diente, und von dort führte eine Tür in das Zimmer der alten Frau Berggump, die seit Jahren vor sich hin vegetierte. »Ich bin gleich bei Ihnen.« Rita riskierte einen Blick in den Spiegel, der im oberen Vestibül hing. Ihr dunkler Kurzhaarschnitt brauchte am Ansatz dringend neue Farbe, stellte sie fest, denn das Grau darunter schielte deutlich hervor und ließ sie viel älter als ihr biologisches Alter von fünfzig Jahren aussehen. Rita hielt die Luft an und zog dabei ihren Bauch ein. Sie wollte bis zum Heiligen Abend noch ein paar Pfunde verlieren, aber Sport war neben der Arbeit einfach zu anstrengend. Abends fiel sie jeden Tag hundemüde ins Bett. Von früh bis spät rackerte sie sich ab und legte trotzdem an Gewicht zu. Mit ihrem Stoffwechsel stimmte etwas gewaltig nicht, da war sie sich sicher. Die Natur war nicht gerecht. »So, wie haben S' denn heute geschlafen?«

Rita betrat den Vorraum mit den Einbauschränken und vollen Kleiderstangen. Ihr fiel sofort auf, dass die Tür zum Zimmer der alten Frau Berggump geschlossen und nicht wie sonst angelehnt war. Komisch, in all den Jahren war das noch nie vorgekommen. Kopfschüttelnd ließ Rita ihren Blick schweifen, der an einem überdimensionalen Haufen aus Tüll und blutroter Seide haften blieb. Achtlos hatte jemand die Textilien auf den Boden geworfen.

»Herrschaftszeiten«, entfuhr es ihr, denn Rita erkannte das große Abendkleid, das sie für Frau Leidl-Berggump letzte Woche geändert hatte. Das hatte schon im Laden eine Stange Geld gekostet. Sie hatte viele Stunden damit verbracht, jede einzelne Naht am Ausschnitt aufzutrennen und das Dekolleté auf den zarten Leidl-Berggump'schen Busen zu verkleinern. Sie seufzte: »Nix is mehr was wert.« Rita sah sich um und griff nach einem leeren Bügel, der an einem der Ständer hing. Sie konnte dieses Kleid nicht einfach auf dem Boden liegen lassen. Beim Silvesterball im Hotel zur Post wollte die Leidl-Berggump darin einen großen Auftritt vor der Altöttinger Hautevolee hinlegen, aber so zerknittert, wie es jetzt war, würde daraus nichts werden. Energisch griff Rita nach einer roten Schleife, die an der Taille angebracht war, aber nichts rührte sich. Die rote Seide glitt ihr einfach aus der Hand. Hatte jemand das Kleid am Boden festgeklebt? Rita bückte sich, um zu erkennen, was sie daran hinderte, das Kleid aufzuheben und zurück auf einen Bügel zu hängen. Plötzlich bemerkte sie einen bleichen Finger. Rita erstarrte, denn in dem sich aufbäumenden Stoff erkannte sie Annamirl Leidl-Berggump in einer Lache von Blut.

*

»Was is eigentlich in dem Sack da drinnen?« Ein rotblondes Mädchen mit ebenso roter Brille sah furchtlos Fräulein Schosi entgegen, während Max sich gerade konzentrierte und versuchte, alles auf seinem Blatt abzuarbeiten, was das Kind im letzten Jahr Gutes und vermeintlich Böses angestellt hatte. Annika Rumsauer war ihr Name, und Max' Gedanken kreisten leider mehr um ihren Nachnamen, der getrennt geschrieben einen Cocktail ergab, als um seine Predigt als Nikolaus. Dieses Gedankenspiel fand er selbst albern. Er musste besser bei der Sache bleiben.

»Sei nicht so neugierig«, brummte Fräulein Schosi und drohte mit ihrer Rute. »Wer zu viel fragt, den steck ich in den Sack.«

»Meine Eltern sagen, dass man gar nicht genug fragen kann, weil man nur so die Welt entdeckt.«

Fräulein Schosis Augen weiteten sich, was durch ihr schwarz geschminktes Gesicht noch mehr auffiel. »Es gibt gescheite und dumme Fragen. Für dumme kommst du in den Sack, und dann nehm ich dich mit in die Hölle und schüttel dich dort aus. Dann sitzt du für immer und ewig im Fegefeuer.«

»Mist«, dachte Max, die Situation drohte ihm zu entgleiten, wenn Fräulein Schosi weiter so wirres Zeug faselte. In seinem Kopf flogen die Gedankenfetzen hin und her und er dachte über einen Ausweg nach. Gerade als er vorschlagen wollte, dass der Krampus vielleicht etwas frische Luft schnappen könnte, blickte er in Fäustls grinsendes Gesicht. Schlagartig war er nicht mehr auf Fräulein Schosi wütend, sondern auf seinen Kollegen.

Annika Rumsauer blinzelte Fräulein Schosi weiter fragend an. »*Immer und ewig* geht gar nicht.«

»Freilich! Wirst schon sehen, wenn du dann in der Glut hockst und dich nach Hause zu deinen Eltern wünschst.«

Annika rückte ihre Brille zurecht. »In so einem glühenden Haufen hat es mindestens fünftausend Grad, und mein Körper ist nach zwei Sekunden verdampft. Also kann das mit *immer und ewig* gar nicht stimmen.«

Fräulein Schosi blieb der Mund offen stehen. »Du bist ein ganz schönes Gscheidhaferl.«

»Das hat unser Lehrer im Heimat- und Sachunterricht erzählt, als wir über die Metallherstellung geredet haben.« Ihren Worten ließ Annika ein stolzes Nicken folgen, und Fäustl lachte beherzt auf.

Fräulein Schosi kräuselte ihre Lippen. »Also, das ist doch wohl …«

»So«, fuhr Max dazwischen. »Du bist ein sehr intelligentes Kind, Annika. Das freut den Nikolaus. Hier ist dein Geschenk, und jetzt kommen auch mal die Erwachsenen dran. Wo ist denn der Fritz Fäustl?« Max nahm seinen Kollegen ins Visier, der augenblicklich verstummte. Umgehend kam Bewegung in dessen Freundin Evi Hauenstein, die neben ihm saß.

»Dou isser! Dou hoggd der Fritz.« Evis fränkischer Akzent erfüllte den ganzen Raum. »Schdäi auf und geh nübber, Fritz! Wer will denn an Niggolaus länger warddn lassn, wäi nödich?«

Max nahm dem Jungen, der bisher brav den Bischofsstab gehalten hatte, das Ding aus der Hand. »Lenz, du darfst dich wieder zu deinen Eltern setzen. Das hast du ausgezeichnet gemacht, ab jetzt übernimmt der Fritz diese ehrenvolle Aufgabe. Gell, Fritz? Freust dich schon?«

Mit versteinerter Miene und unter dem Applaus der Gäste stand Fäustl auf und nahm aus den Händen des Jungen den Stab in Empfang.

»Oh, oh, oh, was muss ich da in meinem Buch lesen?« Max umrundete mit großen Schritten seinen Kollegen, dem jeder im Raum ansah, dass er sich in diesem Moment Hunderte von Kilometern weit wegwünschte. »Du warst letzte Woche mit Grippe zu Hause und hattest gestern eine Spontanheilung. Es geschehen noch Zeichen und Wunder. Dann bist du in den letzten Monaten zu einem eifrigen Jogger geworden und hast fünfzehn Kilo abgespeckt, aber zu Hause liegst du gerne weiterhin faul rum und bringst nicht einmal den Müll für deine Freundin runter. Ich finde, dafür hast du ein paar Schläge mit der Rute verdient. Krampus, walte deines Amtes!«

Das ließ sich Fräulein Schosi nicht zweimal sagen.

»Du Arsch! Das zahl ich dir heim, Kramer«, wisperte Fäustl so leise, dass es die Umstehenden nicht mitbekommen konnten.

»Oh, oh, oh, und was muss der Nikolaus noch lesen …?«

»Übertreib es nicht, Kramer«, unterbrach ihn Fäustl barsch, und im nächsten Augenblick durchzuckte es ihn wie ein Blitz, allerdings nicht, weil Fräulein Schosi so fest zugedroschen hatte. Er drückte Max den Bischofsstab in die Hand und griff in die Innentasche seines Sakkos, um sein vibrierendes Dienst-Handy herauszuziehen. Max' Instinkt sagte sofort »Notfall«. Fäustl nahm das Gespräch an, während er zum Fenster eilte, bei dem er sich einen besseren Empfang versprach. Max und Fräulein Schosi wechselten einen ratlosen Blick. Was genau sein Kollege am Telefon besprach, konnte er nicht verstehen, hauptsächlich bestand Fäustls Kommunikation aus Nicken. Eine unangenehme Stille erfasste den Wirtshaussaal. Vielleicht könnten die Flötenkinder zur Überbrückung noch einmal zu ihren Instrumenten greifen oder Fräulein Schosi … Nein! Er durfte ihr nicht die Szene überlassen, sonst lief er Gefahr, dass sie den Kindern ein Trauma verpasste, wenn sie weiterhin mit Rute und Sack agierte und dabei von der Hölle erzählte.

»So«, sagte Max und ließ seinen Blick über Kinder und Eltern kreisen. »Jetzt singen wir alle gemeinsam mit dem Krampus, der eigentlich ein ganz feiner Geselle ist, ein Lied.«

Entgeistert sah ihn Fräulein Schosi an und zuckte verständnislos mit den Schultern, woraufhin Max seine Stimme erhob. »Lasst uns froh und munter sein …«

Nach wenigen Sekunden stimmte der ganze Saal ein, und als Fräulein Schosi ihre Rute zum Dirigieren verwendete, anstatt damit auf Dinge oder Menschen einzuschlagen, war Max erleichtert. Fäustl kam nach der ersten Strophe zurück, trat neben sein Ohr und flüsterte eindringlich. »Nikolaus, wir haben einen Termin.«

»Was?«

»Der Leidl-Berggump hams in Altötting den Schädel eingeschlagen.«

*

Ein paar dichte Sträucher, die Blätter von einer sanften Eisschicht überzogen, Altwasser und der Inn, der dahinter vorüberfloss. Hier, unweit der Brücke, saß Zapfe, wie er von allen außer seiner Mutter und seinem Vater genannt wurde, und zog einen durch. Innerhalb der Familie legten seine Eltern immer noch Wert auf den selten dämlichen Namen Zacharias. Eltern haben keine Ahnung, was sie mit der Namenswahl für ihre Kinder anrichten können. Sein Auto hatte Zapfe auf dem Rastplatz an der Bundesstraße zweihundertneunundneunzig zurückgelassen und war über den Fluss geschritten, um auf der anderen Seite den Uferweg bis zu seinem Lieblingsplatz zu laufen. Zapfe hatte sich auf einen vereisten Stein gesetzt. Die Kälte konnte ihm in seinem Ski-Overall nichts anhaben, den er im Winter selten ablegte und auch bei seinen Streifzügen durch die Stadt stets anhatte. Das rot-weiß geringelte Ding ließ ihn wie eine lebendige weihnachtliche Zuckerstange aussehen. Er genoss die Blicke der Passanten. Warum sollte er sich dem Diktat der gedeckten Farben unterordnen? Altötting war im Winter trostlos, außer während des Christkindlmarktes. Da hoben dann Lichter und Farben die Stimmung seiner Bewohner, und selbstverständlich der nachmittägliche Glühwein mit Schuss. Wenn ihm der Trubel zu viel wurde und die Touristen und Pilger bereits ab dem späten Vormittag die Straßen und Gassen verstopften, zog sich Zapfe zurück. Oder wenn ihm sein Vater wieder einmal auf die Nerven ging oder er aus sonst irgendeinem Grund Ruhe brauchte, und davon brauchte er viel. Frische Luft und Gras waren für ihn eine perfekte Mischung, und bei Gras dachten er und sein Freundeskreis als Letztes an eine gut gepflegte Rasenfläche. Der Rauch entspannte ihn und brachte Ordnung in seine Gefühlswelt. Neue Ideen schienen ihm in diesem Zustand mühelos zuzufliegen, ohne dass er lange nach diesen grübeln musste. Er nahm einen tiefen Zug, der seine Lungen füllte, und hielt für einen Moment inne. Kurz schloss er die Augen, sammelte seine Gedanken, bis er eine weiße Wolke dem Fluss entgegenblies und seinen Blick gen Himmel richtete. Heute war ein klarer Tag, und der Hochnebel hatte sich früher verzogen als üblich. Er schnippte den bis auf einen kleinen Stumpen verrauchten Joint weit von sich. Es gab eigentlich nichts, was Zapfes Stimmung trüben konnte, bis sich sein Handy, das er an einer langen Schnur um seinen Hals wie ein Schmuckstück trug, bemerkbar machte. Ein Blick auf das Display genügte und seine Gesichtszüge verfinsterten sich. Sein Vater rief an. Obwohl sich alles in ihm sträubte, nahm er den Anruf entgegen. »Ja, was gibt's?«

»Wo bist du, Zacharias?«

»Egal. Draußen.«

»Wie lange schon?

»Lass mich in Ruhe, Papa!«

»Bitte fahr heim.« Der Tonfall klang nicht nach seinem Erzeuger.

»Papa, bist du das? Was soll das denn jetzt?« Zapfe hörte einen tiefen Atemzug am anderen Ende der Leitung, der zischend aus dem Lautsprecher an sein Ohr drang.

»Mach dich auf den Weg.«

»Warum?«

»Mama ist tot. Die Polizei hat mich gerade angerufen. Ich versuche, aufs Gas zu drücken.«

Hinter einem Schleier von Entsetzen erkannte Zapfe tatsächlich nun die Stimme seines Vaters.

»Mama? Wo?«

»Bei uns zu Hause. Die Frau vom Pflegedienst hat sie gefunden.« Sein Vater hatte Mühe, den Satz zu vollenden. »Irgendjemand hat sie erschlagen.«

»Und Aneta?«

»Keine Ahnung. Ich erreiche sie nicht. Wann hast du das letzte Mal mit ihr gesprochen?«

»Keine Ahnung. Gestern oder vorgestern.«

»Und mit Mama?«

»Heute Morgen am Telefon. Bist du dir sicher?«

»Ich bin so schnell bei dir, wie ich kann.«

»Papa, ich kann mir das nicht vorstellen.«

»Bei mir ist es auch noch nicht ganz angekommen.«

»Wie heißt der Kommissar, der dich angerufen hat?«

»Keine Ahnung. Ich habe versichert, dir umgehend Bescheid zu geben. Du musst jetzt nach Hause! Hast du verstanden?« Sein Vater legte auf, ohne eine Antwort abzuwarten.

Zapfe hörte die Autobahn in seinem Rücken, die in einiger Entfernung mit ihrer Streckenführung dem Flusslauf folgte. Der Motorenlärm wuchs sich zu einem Dröhnen aus, das seinen ganzen Schädel füllte. Er griff in die Tasche seines Overalls und kramte einen weiteren Joint und ein Feuerzeug heraus. Nach zwei entspannenden Zügen begann er zu summen. Zuerst unverständlich wandelten sich seine Töne zu Silben. »Du musst nicht akzeptieren, was dir überhaupt nicht passt. Wenn du deinen Kopf nicht nur zum Tragen einer Mütze hast!« Seine Lautstärke nahm zu. Er stand auf und brüllte den Rocksong dem vorbeifließenden Gewässer entgegen. Der Text passte zu seiner Stimmung. Oft hatte Zapfe das Gefühl, dass Die Ärzte, wie die von ihm verehrte Rockband hieß, die Einzigen waren, die ihn wirklich verstanden. Abrupt hielt er inne und ein urgewaltiger Schrei bahnte sich den Weg aus seinem Inneren. Zapfe fluchte und stampfte mit dem Fuß auf. Seine Knie gaben unerwartet nach und er sackte auf den kalten Untergrund. Auf dem Rücken liegend sah er dem Himmel entgegen, und aus seinen Augenwinkeln liefen Tränen, die auf dem Boden zu Eis erstarrten.

II. STELLT DIE SCHUH' HINAUS

Fäustl belegte den Beifahrersitz, Max saß am Steuer und hinten teilten sich Fräulein Schosi und Monsignore Hirlinger die Bank. Fräulein Schosis Fell- und Jutemantel verströmte einen sonderbaren Duft, weswegen Max und Fäustl mehrmals die Nase rümpften und vielsagende Blicke wechselten, bis sich Fäustl entschied, kurzerhand das Fenster nach unten zu lassen.

»Es zieht«, hörten sie Fräulein Schosis Stimme von der Hinterbank.

»Für mich ist das Ganze kein Problem«, sagte der Monsignore, und Max glaubte, in seinem Tonfall Erleichterung auszumachen. Vermutlich hielt Hirlinger den Krampus-Geruch auch schwer aus.

»Verzeihung, aber ich hab Kopfweh von dem Glühwein im Wirtshaus und brauch frische Luft«, flunkerte Fäustl.

»Also mir hat der g'schmeckt. Wollen S' vielleicht einen kleinen Likör oder ein Schnapsal, Herr Fäustl? Ich brauch jetzt aa einen für meine Nerven. Jetzt haben die doch glatt die Annamirl erschlagen. Nirgends is man mehr sicher. Ich sag's ja: Das Böse ist immer und überall. Warten S' mal, ich hab da immer eine kleine Notfallration Schnaps in meiner Tasche. Des hilft hundertprozentig gegen das Kopfweh und dient der Beruhigung.« Fräulein Schosi begann hörbar, nach etwas zu kramen, und der stumpfe Duft ihres Mantels verstärkte sich im Innenraum bei jeder ihrer Bewegungen.

»Nein, danke«, wehrte Fäustl ab, und Fräulein Schosi kam wieder zur Ruhe, nachdem sie etwas aus ihrer Tasche gezogen hatte. Trotzdem nahm der penetrante Geruch nicht ab.

Max richtete sich den Innenspiegel und drehte ihn so, dass er Fräulein Schosi im Blickfeld hatte. »Ich bitte Sie, über den Fall Berggump Stillschweigen zu behalten. Wir haben eine berufliche Schweigepflicht. Tun Sie bitte einfach so, als hätten Sie es vorher nicht mitbekommen.«

»Aber kondolieren werde ich ihrer Familie doch noch dürfen, oder?« Sie hatte ein kleines Fläschchen in der Hand, welches sie in einem Zug hinunterkippte. »Die können jetzt sicher auch jede Hilfe gebrauchen. Vielleicht was kochen oder putzen?«

Ein tiefer Seufzer entglitt Max. »Bitte erst, wenn es in der Zeitung steht.«

Der Monsignore legte seine Hand auf Fräulein Schosis Unterarm, den sie eben hatte heben wollen, um etwas auf Max' Bitte zu entgegnen. Es schien, als wolle er den zu erwartenden Protest seiner Haushälterin gleich im Keim ersticken. »Aber selbstverständlich können Sie sich in diesem Punkt auf unsere Diskretion verlassen, Max.«

Max' und Hirlingers Blicke begegneten sich im Spiegel. Auf das Versprechen des Monsignore konnte er sich verlassen. Sein Blick löste sich und wanderte nach unten zu seinen Knien. Für Ermittlungen war er nicht passend gekleidet. Er hatte sein Kostüm im Kofferraum verstaut und trug nun einen verwaschenen Jogginganzug, den er zu Hause unter das bodenlange Gewand angezogen hatte.

Das Haus der Leidl-Berggumps in Altötting befand sich nur wenige Hundert Meter von dem des Monsignore entfernt. Sie lieferten Fräulein Schosi und ihren Arbeitgeber ab und fuhren dann weiter bis zu einem großen, gelb angestrichenen Anwesen, das herrschaftlich von einem Garten, einem frisch gestrichenen Zaun und einem großen Vorplatz, auf dem bereits mehrere Wagen parkten, umgeben wurde. Max holperte mit seinem Auto auf den seitlichen Gehweg, da Kranken- und Polizeiwagen keine weitere Parkmöglichkeit mehr zuließen. Er stellte den Motor ab, stieg aus und ging mit Fäustl zügig hinein. Drinnen angekommen begrüßte ihn sein Kollege Toni Staudt, der Leiter der Spurensicherung, in einem raschelnden Ganzkörperanzug. »Heut so sportlich«, kommentierte er Max' Outfit mit einem abschätzigen Blick. »So kenn ich dich gar nicht.«

»Ich mich auch nicht«, entgegnete Max. »Gib uns eine Zusammenfassung, Toni.«

»Also«, der Spusi-Toni holte Luft. »Oben liegen eine lebendige und eine tote Frau. Die Lebende ist der Pflegefall, weswegen die Entdeckerin der Leiche überhaupts im Haus war. Dabei handelt es sich um Rita Ott vom ambulanten Pflegedienst. Die sitzt inzwischen in der Küche und wird vom Notarzt betreut. Leichter Zusammenbruch, aber wenn du mich fragst, vernehmungsfähig. Er spritzt ihr gerade was zur Beruhigung.«

»Und was is mit dem Opfer?«, fragte Fäustl ungeduldig.

»Dazu wollte ich gerade kommen, Fritz. Das Opfer ist laut Rita Ott die Hausherrin Annamirl Leidl-Berggump, deren Schwiegermutter die bettlägerige Frau oben ist.«

»Wie ist da der Zustand? Hat die denn was mitbekommen? War das etwa bei ihr im Zimmer?« Max wurde nervös.

»Nein, im Vorraum. Und zum Zustand – gelinde gesagt: bescheiden. Schlaganfall und seitdem bettlägerig mit gestörtem Sprachzentrum. Ihr wendet euch besser an die Pflegerin. Ob die Bettlägerige was mitbekommen hat, und wenn ja, wie man mit ihr am leichtesten Kontakt aufnehmen kann, dazu müsst ihr einen Spezialisten einschalten.«

Max und Fäustl bedankten sich und suchten im weitläufigen Erdgeschoss nach der Küche. Dort kauerte eine rundliche Frau zusammengesunken am Tisch, und daneben saß der Notarzt. Er kehrte ihnen den Rücken zu und war eben im Begriff, ihr eine Spritze zu verabreichen. Diesen Mann in Weiß erkannte Max sofort. Dafür brauchte er das Gesicht nicht zu sehen. Max blähte seine Backen, atmete aus und war genervt. Er hatte Dr. Stephan Drengelmann noch nie leiden können. Das beruhte allerdings auf Gegenseitigkeit.

»Frau Ott, mein Name ist Kramer von der Kripo Mühldorf, und das ist mein Kollege Polizeihauptmeister Fäustl.«

Anstatt dass die Angesprochene auf Max' Worte reagierte, drang die Stimme Drengelmanns an ihre Ohren, der sich immer noch nicht umgedreht hatte. »Drah di' nett um – oh, oh, oh. Der Kommissar geht um – oh, oh, oh.« Drengelmann imitierte den österreichischen Akzent von Falco äußerst schlecht und wies sich damit als Nicht-Dialekt-Sprecher aus.

Max fand diesen Auftritt peinlich. Am liebsten hätte er ihm ein »Schnauze, Drengelmann!« entgegengeschleudert, aber er beließ es bei einem matten Lächeln. »An Ihnen ist ein Popstar verloren gegangen, Dr. Drengelmann.«

»Danke, Herr Kommissar.« Der Arzt stand auf. »Brauchen Sie mich noch?«

»Waren Sie schon oben bei der Leiche?«

»Nee, da wuselt so eine Dame von der Rechtsmedizin aus München rum. Die war diesmal verdammt schnell. Mich brauchen die da nicht mehr.«

Was er von Drengelmann gerade erfahren hatte, ließ Max' Herz höherschlagen. Es konnte sich nur um Dr. Maria Rupprecht handeln, die bisher alle seine Fälle rechtsmedizinisch begleitet hatte. Er mochte sie noch immer, obwohl die Rechtsmedizinerin bei ihrem letzten Zusammentreffen angekündigt hatte, dass sie bald einen Assistenzarzt aus der Toxikologie heiraten wolle.

Als Drengelmann die Küche verlassen wollte, hielt ihn Max zurück. »Ist Frau Ott vernehmungsfähig?«

»Fragen Sie sie einfach selbst, würde ich vorschlagen. Übrigens, schicker Jogginganzug. Trainieren Sie für den Marathon?« Damit verschwand Drengelmann.

Max hielt die Luft an und schüttelte sich, um alle negativen Schwingungen, die dieser Typ in ihm hervorrief, aus seinem Körper zu entfernen. Danach musterte er Frau Ott, die nach wie vor regungslos auf ihrem Stuhl saß und keinen Laut von sich gab. Sie war eine rüstige Person, die sicher ordentlich zupacken konnte. Die Entdeckung der Leiche hatte sie mitgenommen, aber aufgrund seiner beruflichen Erfahrung war Max davon überzeugt, dass sie vernehmungsfähig war. Er setzte sich zu ihr, auf den Platz, den Drengelmann vorher belegt hatte, während Fäustl stehen blieb und Formblatt und Sprachmemo seines Handys für die Befragung bereitstellte.

»Frau Ott?« Max suchte ihren Blick.

»Ja, Herr Kommissar.«

»Sie haben die Leiche entdeckt?«

Frau Ott nickte in Zeitlupe, und es schien, als hätte sie das Bild wieder vor ihrem inneren Auge.

»Dürfen wir unser Gespräch aufzeichnen? Wir brauchen das für die Ermittlungsakten.«

»Natürlich bin ich damit einverstanden«, sagte Frau Ott leise. Sie räusperte sich. »Ja, ich bin bereit.« Ihre Stimme hatte wieder an Kraft gewonnen.

»Erzählen Sie uns bitte, wann Sie das Haus betreten haben und was dann geschehen ist.«

Zuerst wanderten Rita Otts Augen ruhelos durch den Raum, doch nach ungefähr einer halben Minute hatte sie sich gesammelt und schenkte Max und Fäustl abwechselnd einen direkten, kraftvollen Blick. »Ich bin um drei vor neun mit meinem Schlüssel zur Tür rein. Das weiß ich so genau, weil ich immer auf die Uhr schaue und meine Zeiten protokolliere. Eine Kollegin und ich wechseln uns hier ab, aber ich bin eigentlich die meiste Zeit bei der alten Frau Berggump. Ja, und oben liegt dann ihre Schwiegertochter Frau Leidl-Berggump auf dem Boden. Eingehüllt in ein riesiges Abendkleid, das ich für sie geändert habe. Das wollte sie eigentlich zum Silvesterball tragen, aber jetzt isses voller Blut.«

»Sie arbeiten nicht nur als Pflegerin?«

»Ich bin bei einem ambulanten Pflegedienst angestellt und erledige noch kleine Arbeiten nebenher. Das wird aber extra bezahlt und nicht über den Dienstleister abgerechnet.«

»Von was für Arbeiten reden wir hier?«

»Ich kürze Hosen oder nähe mal was um. Früher war ich Schneiderin, aber damit kann man heutzutage nicht über die Runden kommen. Deshalb habe ich umgeschult. Und hier bei den Berggumps gieße ich auch mal Blumen oder mache so Kleinkram, wenn das Ehepaar unterwegs ist.«

»Sie sehen die Familie also regelmäßig?«

»Nein, so würde ich das nicht sagen. Ich treffe hier selten jemanden an. Herr Berggump ist geschäftlich viel unterwegs, seine Frau macht viele Dinge außer Haus. Die beiden haben einen Sohn, aber der lebt meines Wissens in München und selten in Altötting. Dann gibt es hier noch zwei Vierundzwanzig-Stunden-Kräfte aus Polen, die sich alle paar Wochen abwechseln. Aber selbst die scheinen sich zu verstecken, wenn ich komme. Eigentlich ist das Haus immer leer, bis auf die alte Frau Berggump oben. Für mich passt das, und bisher gab es keine Klagen wegen meiner Arbeit.«

Fäustl hob im Hintergrund seine Hand, um auf sich aufmerksam zu machen. »Wie oft kommen Sie denn her?«

»Zweimal am Tag. Ich mache allerdings keine hauswirtschaftliche Versorgung.«

Fäustl stutzte. »Aber es ist doch eine weitere Pflegekraft aus Polen da, wie Sie uns erzählt haben.«

Rita nickte. »Ja, die bezahlen die Berggumps komplett privat. Der Großteil der ambulanten Pflegeleistungen, den ich erbringe, wird durch die Pflegekasse übernommen.«

»Irgendwie hatte ich da eine andere Vorstellung«, sagte Fäustl kopfschüttelnd. »Wegen Pflegenotstand und so weiter.«

»Mei, wer sich's leisten kann«, entgegnete Rita und seufzte.

Nun übernahm Max wieder. »War heute irgendwas anders als sonst?«

Rita nickte mehrmals hintereinander. »Die Tür zum Zimmer der alten Frau Berggump war geschlossen. Die ist sonst immer geöffnet. Ich kann mich nicht erinnern, dass sie auch nur einmal geschlossen war, seitdem ich hierherkomme.«

»Wie geht's ihr?«

»Oh Gott!« Rita wurde bleich. »Keine Ahnung. Ich hab nur schnell geschaut, ob ihr auch was passiert ist, und wie ich g'seh'n g'habt hab, dass bei ihr nix is, da hab ich die Tür wieder zug'macht.«

»Wir kümmern uns darum. Oben ist ja bereits eine Medizinerin, die sicher schon einen Blick auf Frau Berggump geworfen hat.« Max tätschelte Frau Ott zur Beruhigung. »Bitte halten Sie sich zu unserer Verfügung. Kann Sie jemand abholen?«

»Ich habe mein Auto draußen.«

»Sie haben eine Leiche entdeckt und ein Beruhigungsmittel gespritzt bekommen. Ich denke, Sie sollten sich nicht mehr hinters Steuer setzen.«

»Dann ruf ich vielleicht meinen Mann an. Der arbeitet samstags nicht.«

»Besser is es.«

Max stand auf, und Rita Ott folgte seinem Beispiel. Er ließ ihr den Vortritt, und alle drei gingen auf den Gang, von dem die Eingangstüre und die Treppe in den ersten Stock abzweigten.

*

Peter Heilker hatte seinen Koffer aufs Bett geworfen, aber noch nicht begonnen, auszupacken. Daneben lag sein Kameraequipment. Er vergewisserte sich, dass alle Akkus geladen waren. Er wollte zwei Interviews heute führen. Eines mit seiner Kollegin und eines mit einem Mädchen, das sie über die sozialen Medien aufgetan hatte. Viel Zeit hatten sie dafür nicht. Die Pensionswirtin hatte ihn bei seiner Ankunft in Beschlag genommen und sich mit der knappen Auskunft, er sei beruflich in Altötting, nicht zufriedengegeben. Also hatte er auf seine bewährte Geschichte zurückgegriffen, er sei freiberuflicher Reisejournalist und wolle nur ein paar Bilder und einen kurzen Artikel verfassen. Nein, er habe keinen festen Verlag. Er hoffe, dass ihm jemand die Reportage abkaufen werde, sei aber zuversichtlich. Ja, das Leben als Freiberufler sei hart. Wie der Titel lauten werde? Ihm fiel nichts Besseres ein als »Altötting sehen und sterben«, angelehnt an ein Zitat aus Goethes »Italienischer Reise«. Dann endlich hatte seine Vermieterin von ihm abgelassen. Neugierde war zwar sein Beruf, er konnte sie aber bei anderen Menschen nicht leiden, vor allem wenn es solche Auswüchse annahm wie bei dieser Pensionswirtin.

Sein Blick wanderte zu seinem Handy, das er auf den Nachttisch gelegt hatte. Bisher hatte seine Kollegin sich nicht gemeldet. Es war abgemacht, dass sie ihm eine Textnachricht zukommen lassen würde. Heilker wurde ungeduldig. Zeitpläne waren dazu da, sie auch einzuhalten. Jeder in der Branche lebte davon. Er hatte seit heute in der Früh mehrmals versucht, bei ihr anzurufen, aber ihr Telefon war aus und es meldete sich nur eine automatische Ansage, dass unter dieser Rufnummer gerade niemand erreichbar sei. Mist!

Er hob seinen Kopf. Der Ausblick aus dem Fenster war trostlos. Nichts als eine weitere Häuserwand. Heilker war trotzdem froh, dieses Zimmer ergattert zu haben. Die Hotels, bei denen er telefonisch angeklopft hatte, hatten ihm allesamt abgesagt. Nein, kurzfristig gehe während des Advents in Altötting sowieso nichts.

Eine Frau hatte ihn sogar unverhohlen ausgelacht, als hätte er mit seiner Zimmeranfrage einen guten Witz gemacht. In diesem Etablissement würde die Spesenabrechnung überschaubar bleiben. In der ganzen Pension hing ein sonderbarer Duft, der ihn an seine Großmutter erinnerte. Im Treppenhaus neben der Eingangstüre, dann oben auf einer Kommode und auch in seinem Bad stand jeweils eine kleine Porzellanschale mit getrockneten Blütenblättern, die ihren Duft eigentlich längst eingebüßt hatten und nur durch ein Raumspray aufgefrischt wurden. Aus praktischen Gründen stand dieses immer gleich daneben. Wilde Feige in einer violetten Verpackung. Für ein, zwei Tage würde er es aushalten, länger hatte er nicht vor, hierzubleiben.

Er griff zu seinem Handy und scrollte durch seine Textnachrichten. Auch nichts Neues. Ihre letzte Nachricht war von gestern. »Bin voraussichtlich den ganzen Tag allein im Haus. Am besten kommst du vormittags vorbei. Adresse und genauer Zeitpunkt folgt.« Seither war ihr Handy aus.

Aus Sicherheits- und Diskretionsgründen wusste er nicht, wo sie genau arbeitete. Das war nun suboptimal. Sein Redakteur, der die ganze Operation koordinierte, wusste als Einziger über jedes Detail Bescheid. Auch wenn es gegen die Abmachung war, suchte Heilker den entsprechenden Kontakt in seinem Telefonbuch. Kurz nachdem sich die Verbindung aufgebaut hatte, ging sein Vorgesetzter dran.

*

Dieses typische Rascheln war das Erkennungszeichen der Spusi. Ihre Anzüge aus antistatischem PP-Vlies ließen sie wie Marsmännchen auf einer Mission zur Erde aussehen.

Als Max und Fäustl den ersten Stock betraten, waren der Spusi-Toni und seine Männer in konzentrierter Ruhe dabei, das Zimmer, in dem die Leiche von Annamirl Leidl-Berggump lag, auf den Kopf zu stellen. Sie hatten gerade die letzte Treppenstufe erreicht, als Toni aus der Tür trat.

»Ah, da seid's ja endlich. Einbruchspuren gibt's keine. Entweder hatte der Täter einen Schlüssel oder Dietrich, oder das Opfer hat ihm die Türe selbst aufgemacht«, begrüßte er die beiden Kriminaler. »Wir sind aber schon ein kleines Stückchen weiter.«

»Woah, krass«, hörten sie die Stimme eines Spusi-Mannes vom Tatort, und im nächsten Augenblick eine weibliche Stimme hinterher: »Respekt!«

Erschrocken fuhr der Spusi-Toni herum. »Was is?«

»Unter den Beinen und dem ganzen Haufen Stoff liegt, glaub ich jedenfalls, die Tatwaffe«, meinte der Mann, woraufhin sich die Kollegin anschloss: »Der hat echt enorm draufgedonnert. Des Teil is in zwei Stücke gebrochen.«

»Na ja, anders schaffst es ja nicht mit so einem windigen Ding, jemandem den Schädel einzuschlagen. Da brauchst scho' Kraft«, entgegnete die Männerstimme.

Der Spusi-Toni betrat das Zimmer, während Max und Fäustl davor stehen blieben. Ohne Schutzanzug durften sie den Tatort nicht betreten, um keine wertvollen Spuren zu vernichten.

»Was hat der Täter denn benutzt?«, fragte Max in Tonis Rücken, der mit seinem Körper die ganze Szenerie verdeckte.

»Einen Nussknacker-Soldaten. Um die dreißig bis vierzig Zentimeter lang, würd ich schätzen«, sagte der Toni, ohne sich umzudrehen und den Blick vom Boden zu heben. »Ich zeig euch gleich die Fotos.« Er griff nach seinem Mobiltelefon, das ihm an einer Kordel quer um den Körper hing, und ging auf die Knie. Die Kollegin der Spurensicherung schlich gleichzeitig auf Zehenspitzen um ihren am Boden kauernden Chef herum und kam auf Max und Fäustl zu. Max identifizierte sie als Lexa Stürmer. In der Hand hielt sie ein kleines beschriebenes Schmierpapier, das sie vor den Gesichtern der beiden hin und her wedelte. »Das dürfte euch brennend interessieren.«

Max war neugierig, was Lexa darauf notiert hatte. »Spann uns nicht länger auf die Folter!«

»Routinemäßig hab ich das Festnetztelefon da drinnen untersucht. Fingerabdrücke und der ganze Reibach. Und in der Anrufliste sind drei abgehende Telefonate heute Morgen gespeichert. Immer an die gleiche Nummer. Abstand einmal von vier Minuten und einmal von sechs. Also kannst sagen, dass binnen einer Viertelstunde zwischen sechs Uhr elf und sechs Uhr sechsundzwanzig dreimal die gleiche Nummer gewählt worden ist. Ich hab sie für euch notiert. Und wegen der Abstände kann ich mir auch vorstellen, dass zweimal ein Gespräch stattgefunden hat. Das ist aber nur eine Vermutung. Wenn besetzt ist, ruft man doch umgehend wieder an, und wenn beim ersten Mal keiner hingeht, dann probierst du es keine paar Minuten später, weil du ja davon ausgehen kannst, dass niemand zu Hause ist. Die Möglichkeit, dass der Anrufer einfach ungeduldig ist und sich nicht wie der Durchschnitt verhält, lasse ich mal außer Acht.«

Fäustl griff nach dem Zettel. »Festnetz ohne Vorwahl. Schau an.«

»Dann ruf ma da mal an«, sagte Max und zog sein Mobiltelefon aus der Tasche, während Fäustl ihm die Zahlenreihe diktierte und er die Ortsvorwahl vorher bereits eingegeben hatte. Zu ihrer großen Enttäuschung meldete sich niemand. Nicht einmal ein Anrufbeantworter. Um Zeit zu sparen, wechselte Max zur Internetfunktion auf dem Display. »Vielleicht finden wir was über die Suchmaschine.« Aber leider Fehlanzeige. »Wäre auch zu schön gewesen.«

In der Zwischenzeit hatte Fäustl bereits die Kriminalpolizeistation von seinem Telefon aus angerufen. »Servas, hier der Fritz. Ich hab eine dringende Abfrage im System zu einer Festnetznummer in Alt-Neuötting. Ja, natürlich sofort!« Er ging ein paar Meter vom Geschehen weg und bohrte seinen Finger in das freie Ohr, um seinen Gesprächspartner besser verstehen zu können.

Zeitgleich trat der Spusi-Toni zu Max und Lexa. Sein Mobiltelefon hielt er weit von sich gestreckt. Auf dem Display waren ein vollkommen blutüberströmter Kopf einer Frau und ein zerbrochener Nussknacker zu sehen. Pfui Teufel! Max wurde übel. Seine Augen sahen nichts anderes als rot, und er musste sich abwenden. Max konzentrierte sich, um sich nicht übergeben zu müssen und weiterhin die Kontrolle über seine Kniekehlen zu behalten. Er hatte Angst, dass seine Beine nachgaben und er in der folgenden Sekunde vor seinen Kollegen am Boden landete. Da rettete ihn ein freundliches »Mahlzeit« aus dem Badezimmer, das dem Tatort gegenüberlag. Zwei tiefe Atemzüge und er hatte sich wieder im Griff. Die Stimme stammte von seiner Lieblings-Rechtsmedizinerin. Er hörte Schritte näherkommen und blickte auf weiße Schuhspitzen. Als er sich aus seiner gekrümmten Haltung wieder nach oben gerappelt hatte, sah er in ihre grünen Augen, die ihm jedes Mal ein Lächeln ins Gesicht zauberten. »Dr. Rupprecht«, entfuhr es ihm verklärt, was den Spusi-Toni und Fäustl dazu veranlasste, einen amüsierten Blick auszutauschen.

»Birlbauer.« Sie kniff ein Auge zu und hob ihre Hand. An ihrem Finger prangten ein Ring mit großem Stein und daneben ein Ehering.

»Ach ja, Sie haben geheiratet.« Trotzdem er auf diese Nachricht vorbereitet gewesen war, fühlte Max, wie sich Enttäuschung in ihm breitmachte.

»Ja, im Sommer am Tegernsee. Es war unvergesslich. Traumhaftes Wetter und dieser unvergleichliche Blick. Ich habe geweint, meine Mutter hat geweint, dann hat meine Schwester …«

»Schön. Dafür ist keine Zeit! Haben Sie schon einen Blick auf die Leiche geworfen?«, unterbrach Max das sentimentale Schwelgen in Erinnerungen.

Die Ärztin schwieg und nickte.

»Und?«, fragte Max.

Dr. Birlbauer legte die Finger ineinander und ließ ihre Gelenke knacken. Danach setzte sie eine professionelle, halb freundliche Miene auf und begann: »Ich konnte einen kurzen Blick auf die weibliche Leiche werfen, bevor ich ins Bad verschwunden bin. Viel war in der Kürze der Zeit nicht möglich, weil die Spurensicherung noch an dem Kleidungsstück dran ist, das den Korpus vollkommen bedeckt. Aber wie ich eben aus der Entfernung mitbekommen habe, wurde das Tatwerkzeug nun gefunden. Es scheint so, dass die Tote mit einem Gegenstand erschlagen worden ist. Damit, das dürfte Ihnen ja klar sein, Kommissar Kramer, scheidet Suizid aus. In äußerst seltenen Fällen drischt ein Selbstmörder mit einem Gegenstand auf sich selbst ein, bis der Tod eintritt. Also reden wir hier über Fremdeinwirkung. Ich mache jetzt weiter, und wenn ich neue Erkenntnisse gewonnen habe, lasse ich Sie das umgehend wissen.«

»Wann werden Sie die Leiche in München untersuchen?«

»Montag. Wenn ich dafür meinen Sonntag opfere, springt mein Mann im Kreis.«

*

Max hasste sich selbst dafür. Es nervte ihn, dass er die Ärztin so barsch behandelt hatte. Jahrelang hatte er Zeit gehabt, sie um ein Date zu bitten. Nichts dergleichen war geschehen. Dass er nun enttäuscht war, dass sie geheiratet hatte, war peinlich. Die Bilder der Toten hatten ihn mitgenommen, und der Ehering war dann der

Tropfen gewesen, der das stinkende Wasser im Fass seines Gemütszustandes zum Überlaufen gebracht hatte.

Er war nicht der robusteste Ermittler. Und obwohl er zu Beginn seiner Karriere bereits festgestellt hatte, wie nahe ihm der Anblick von Toten ging, hatte er immer fest daran geglaubt, dass ihm mit der Zeit ein dickes Fell wachsen würde. In diesem Fall hatte er sich vollkommen verspekuliert. Das Fell war noch immer so dünn wie der Flaum auf der Oberlippe eines Vierzehnjährigen. Es führte kein Weg an einem intensiven Gespräch mit dem Polizeipsychologen vorbei. Nach den Feiertagen wollte er ihn kontaktieren. Und Dr. Rupprecht, selbstverständlich Birlbauer, schuldete er eine Entschuldigung bei ihrem nächsten gemeinsamen Telefonat.

Die Adresse, die das Büro Fäustl genannt hatte, lag in Neuötting unterhalb des alten Stadtbergs. Die Außenmauern des in die Jahre gekommenen Hauses waren vor Kurzem erst weiß gestrichen worden. An der Stirnseite war das dafür verwendete Gerüst noch nicht abgebaut. Auf dem Klingelschild stand »Pala«. Als Max und Fäustl läuteten, dauerte es nicht lange und eine Frau um die sechzig mit grauem Kurzhaarschnitt öffnete. Verständnislos stierte sie den beiden Kriminalern entgegen, um noch verblüffter über ihr Erscheinen zu sein, als beide ihre Dienstausweise präsentierten.

»Na dann kommen Sie mal rein. Darf ich Sie bitten, die Schuhe auszuziehen?«, sagte sie nach zehn Sekunden perplexen Schweigens und führte beide, nachdem sie ihrer Bitte tatsächlich Folge geleistet hatten, durch eine mit Steinplatten geflieste Diele zu ihrer Küche. Auf dem Weg dorthin hielt sie an einer geschlossenen Türe und rief: »Anna, da sind zwei Herren von der Polizei, also nicht erschrecken, wenn du wieder aus dem Bad kommst.« Max sah sich um und dachte, dass man hier mal ordentlich entrümpeln müsste, um eine annehmbare Atmosphäre zu schaffen. Frau Pala hatte eine Vorliebe für Weihnachtsdeko. Überall hing oder stand etwas. Würde man nur die Hälfte dieses Nippes entsorgen, wäre es immer noch so voll, dass man weiterhin bei jeder Bewegung irgendwo hängen blieb oder nicht umhinkonnte, etwas umzustoßen. In der Küche bat Frau Pala beide, an ihrem Ecktisch Platz zu nehmen. Ihr Kaffeeangebot lehnte Fäustl dankend ab, während Max zu verstehen gab, dass er gegen eine Tasse nichts einzuwenden hatte.

»Vollkommen schwarz bitte«, sagte er und nickte. Sein Magen hatte sich nach dem Leichenbild der Leidl-Berggump wieder etwas beruhigt, und er hoffte, dass der bittere Kaffee die Restübelkeit vertreiben würde.

Frau Pala schraubte einen Espressokocher mit Patina in zwei Teile und bückte sich nach einer Dose, die offensichtlich das dazugehörige Pulver enthielt.

Max wollte mit der Todesnachricht noch warten, bis sich Frau Pala zu ihnen gesetzt hatte, aber Fäustl hatte in dieser Sache seinen eigenen Kopf. »Sie kennen Annamirl Leidl-Berggump?«

»Wie haben Sie das denn erraten?«

»Sie haben mit ihr heute schon mehrmals telefoniert?«

»Ja, auch. Wir telefonieren öfter und treffen uns. Typische Mädelsangewohnheit. Wir …«

Fäustl unterbrach sie. »Wir müssen Ihnen leider eine betrübliche Mitteilung machen.« Er legte eine Pause ein, in der sich Frau Pala ihnen zuwandte und eine aufmerksame Miene aufsetzte. »Frau Leidl-Berggump ist heute Vormittag ums Leben gekommen.«

»Quatsch!«, sagte Frau Pala und lächelte auf einmal übers ganze Gesicht. »Kann gar nicht sein, meine Herren. Da täuschen Sie sich gewaltig.«

Noch nie hatte Max eine so seltsame Reaktion auf eine überbrachte Todesnachricht erhalten. Frau Pala wirkte, als hätte sie gerade den Verstand verloren. Sie kicherte wie ein junges Mädchen. Fäustl und er tauschten einen intensiven Blick aus und richteten dann gleichzeitig ihre Augen wieder auf Frau Pala, die sich kopfschüttelnd mit einem Löffel daranmachte, das Espressopulver in dem Kocher zu verteilen und festzudrücken. »Jetzt bin ich schon neugierig, wie Sie auf so einen Schmarrn kommen.«

»Eine Dame vom Pflegedienst hat vorhin ihre Leiche entdeckt. Frau Leidl-Berggump ist erschlagen worden.«

»Jetzt schlägt's dreizehn«, sagte Frau Pala und lachte so laut, dass die Küchenlampe über dem kleinen Tisch vibrierte. »Sind Sie von der ›Versteckten Kamera‹, meine Herren?«

In diesem Moment tauchte eine zierliche Dame, im ähnlichen Alter wie Frau Pala, im Türstock auf. Divenhaft lächelte sie Max und Fäustl entgegen. Ihre Erscheinung wirkte wie ein alternder Filmstar. Sie trug ein gelbes Lodenkostüm, dessen Farbe Max als zu grell empfand. Ihre Beine steckten in hohen orangenen Schuhen mit Pfennigabsätzen und an ihrem linken Handgelenk klimperte ein silbernes Bettelarmband.

»Anna, die Herren wollen mir gerade weismachen, dass du heute ermordet worden bist«, sagte Frau Pala und setzte den Espressokocher auf den Herd.

»Bitte?« Unsicher blickte Annamirl Leidl-Berggump zwischen den Anwesenden hin und her.

Max hob den Kopf. Das konnte doch nicht wahr sein. »Frau Leidl-Berggump?« Er erkannte sie.

Fäustl rieb sich die Augen. »Ham Sie zufällig Ihren Ausweis dabei?«

»Selbstverständlich.« Die Dame in Gelb ging zu einem Stuhl am Ecktisch, auf dem eine Handtasche einer bekannten Luxusmarke stand. Sie kramte darin nach ihrem Portemonnaie und präsentierte Sekunden später den geforderten Personalausweis. Tatsächlich! Zuerst warf Fäustl einen Blick darauf und reichte anschließend das Dokument an Max weiter, der es eigentlich gar nicht gebraucht hätte, denn man kannte sich in der Kreisstadt.

»Ach du meine Sch…« Gerade rechtzeitig verkniff sich Max das Wort, das er eben noch aussprechen wollte. Fluchen passte ganz und gar nicht zu dieser ernsten Situation. »Bitte setzen Sie sich zu uns.« Sein Herz begann zu rasen. Alle möglichen Konsequenzen schossen ihm durch den Kopf, dass sie die Identität des Opfers nicht ordentlich genug überprüft hatten.

Annamirl Leidl-Berggump folgte seiner Aufforderung, während ihre Bekannte weiter am Herd stand und darauf wartete, dass der Espresso aufkochen würde.

»Das ist nun eine etwas verzwickte Lage«, druckste Fäustl.

»Ist etwas mit meinem Mann oder meinem Sohn passiert?« In Annamirl Leidl-Berggumps Gesicht sahen beide Kriminaler Angst aufkeimen. Max musste ihr so schnell wie möglich die Sachlage darlegen. Erstens, um die Identität der Toten zu klären, und zweitens, um ihr die Angst um das Wohl ihrer Familie zu nehmen. »Frau Leidl-Berggump«, begann er langsam und sprach vorsichtig weiter. »In Ihrem Haus wurde die Leiche einer Frau entdeckt.«

Die Hände schnellten vor Leidl-Berggumps Gesicht. »Meine Schwiegermutter?«

»Nein, sie ist wohlauf.«

»Ach so.« Annamirl Leidl-Berggump wirkte nicht erleichtert, sondern enttäuscht. Als ihr klar wurde, wie unangebracht ihre Reaktion war, setzte sie ein »Gott sei Dank, meine ich natürlich« hinterher, das ihr aber weder Max noch Fäustl abkauften.

»Haben Sie eine Ahnung, um wen es sich handeln könnte?«, erkundigte sich Fäustl.

»Bei uns wohnt eine Vierundzwanzig-Stunden-Pflegekraft aus Polen. Ich habe noch eine Putzfrau, die schaut aber nur unter der Woche vorbei, und zweimal am Tag kommt der ambulante Pflegedienst. Vielleicht ist es eine von denen.«

»Rita Ott heißt die ambulante Pflegekraft?«, fragte Max, und Annamirl Leidl-Berggump nickte.

»Bitte sagen Sie mir, dass es nicht Frau Ott ist«, in ihren Worten lag echte Besorgnis.

Max schüttelte seinen Kopf. »Frau Ott hat die Leiche entdeckt und sie als Sie identifiziert.«

»Wie kommt die denn dazu? Ist die noch ganz bei Trost? Schock lasse ich als Erklärung vielleicht noch gelten«, echauffierte sich Annamirl Leidl-Berggump.

»Die Leiche trägt ein Abendkleid von Ihnen, das Frau Ott angeblich geändert hat.«

»Ein Kleid von mir?«

»Ja.«

»Dann ist es bestimmt Aneta.« Da weder Max noch Fäustl auf den Namen reagierten, wurde sie deutlicher. »Also unsere Polin.« Leidl-Berggump überlegte und verbesserte sich augenblicklich. »Ich meine natürlich unsere Angestellte.«

Max sah sie auffordernd an. »Bitte kommen Sie umgehend mit zu Ihnen nach Hause. Wir brauchen Ihre Hilfe. Sie müssen die Tote zweifelsfrei identifizieren.«

III. HEUTE KOMMT DER NIKOLAUS

Aus ihrem Gesicht war jegliche Farbe gewichen. Annamirl Leidl-Berggump stützte sich am Treppengeländer des ersten Stocks ab und nickte. Ja, es handle sich um ihre polnische Pflegekraft, und ihr Name sei Aneta Mazur, neunundzwanzig Jahre alt, also in der Blüte ihres Lebens, wie Annamirl Leidl-Berggump nicht müde wurde zu betonen. Max fand komisch, dass sie nicht besonders erleichtert wirkte, seit sie sich vergewissert hatte, dass es ihrer Schwiegermutter im Zimmer nebenan auch gut ging. Ein kurzer Blick hatte genügt. Die alte Dame lebte noch. Fertig.

Annamirl Leidl-Berggump bat um eine kurze Pause, um sich zu sammeln, denn der verheerende Anblick der Leiche hatte bei ihr ein Schwindelgefühl hervorgerufen, das sie durch ein paar Atemübungen in den Griff bekommen wollte. Sie streckte ihre Arme zur Decke, schloss die Augen und atmete geräuschvoll durch den Mund ein und wieder aus. Max beobachtete sie genau. Vielleicht konnte er sich bei ihr etwas abschauen. Danach führte Annamirl Leidl-Berggump die beiden Ermittler in das Zimmer im Souterrain, das Aneta im vierzehntägigen Wechsel mit einer anderen Kollegin bewohnte. Nüchtern und aufgeräumt präsentierte sich der Raum. Ein Bett, ein Schrank, ein Tisch mit drei Stühlen auf grauem Linoleumboden. Zwei Fenster ließen wenig Licht herein. Sie gehörten zu vergitterten Kellerschächten. Trostlos!

Max entdeckte keinen einzigen persönlichen Gegenstand, und irgendwie fiel ihm als einziges Vergleichsbild eine Gefängniszelle ein. »Sieht das immer so trist aus? Oder ist hier irgendetwas verschwunden?«

»Trist?« Frau Leidl-Berggump fühlte sich angegriffen. »Unsere derzeitigen Pflegerinnen haben sich nie häuslich eingerichtet. Die wechseln wie gesagt alle zwei Wochen. Wir hatten aber auch welche, die im Vier-Wochen-Rhythmus ein- und ausgezogen sind. Die haben es sich schon ein bisschen gemütlicher gemacht.« Sie schluckte auffällig. »Aber, verzeihen Sie, meine Herren, ich mische mich doch nicht ein, wie unsere Angestellten ihr privates Zimmer gestalten wollen.«

Das leuchtete Max ein, trotzdem hätte er als Arbeitgeber für ein ansprechenderes Gästezimmer gesorgt.

Fäustl knipste ein paar Bilder mit seinem Mobiltelefon und ging zum Schrank, um diesen zu öffnen. Darin befanden sich ein Koffer, der an der seitlichen Schrankwand lehnte, ein paar Blusen, Hosen und Pullover auf Kleiderbügeln und ein Fach mit Unterwäsche.

Max setzte sich an den Tisch und Frau Leidl-Berggump tat es ihm gleich. Er fühlte wieder die Übelkeit in sich aufsteigen und hatte das Bild der toten Aneta Mazur im Kopf. Annamirl Leidl-Berggump stützte ihren Kopf in die Handflächen. Auch sie wirkte weiterhin, als wäre ihr nicht wohl.

Max beugte sich zu ihr. »Können Sie mir sagen, warum Ihre Pflegerin Ihr Abendkleid anhatte? Haben Sie es ihr geschenkt?«

»Nein. Ich habe es extra für den kommenden Silvesterball im Hotel Ihrer Eltern gekauft und umändern lassen, Kommissar Kramer. Das war verdammt teuer. Ich verschenke doch so was nicht. Aneta hat es sich einfach genommen.«

»Hat sie das öfter gemacht?«

»Nicht, dass ich wüsste. Manchmal hatte ich das Gefühl, dass von meiner Kosmetik etwas fehlte. Kann aber auch nur Einbildung sein.« Sie ließ ihren Kopf kreisen, sah ab und an zur Decke empor und dann wieder auf den Boden, als suche sie gerade nach den passenden Worten. »Kommissar Kramer?« Ihre Stimme klang rau und leise.

Max sah sie an. Ihr Gesicht wirkte auf einmal noch fahler als bisher.

»Glauben Sie, dass man mich umbringen wollte?«

»Wie kommen Sie darauf?«

»Weil Aneta mein Kleid trägt. Vermutlich wollte der Täter mich treffen. Er hat uns verwechselt.«

Fäustl näherte sich, zog den dritten Stuhl unter dem Tisch hervor und setzte sich. »Möglich is alles. Haben Sie denn einen Verdacht, wer es auf Sie abgesehen haben könnte?«

Max war dankbar, dass sein Kollege sich einschaltete, denn sein Magen spielte wieder einmal verrückt. Fäustl wusste, dass ihn der Anblick von Toten ordentlich mitnahm. Max legte eine Handfläche auf seinen Bauch und atmete ruhig ein und aus, wie ihm das seine Freundin Maria Evita beigebracht hatte. Sie kannte sich aus mit Entspannungs- und Konzentrationsübungen. Fäustl streifte kurz seine Schulter, als wollte er sagen: »Passt schon. Kümmere dich jetzt um dich selbst. Ich regle das.« Durch ein Nicken gab Max seinem Kollegen zu verstehen, dass er dabei war, sich zu beruhigen.

»Eigentlich nicht«, antwortete Annamirl Leidl-Berggump.

»Und uneigentlich?«, bohrte Fäustl weiter.

Sie zuckte mit den Schultern. »Nein, mir fällt keiner ein.«

»Was, glauben Sie, könnte das Motiv für den Mord an Aneta Mazur sein?«

»Ich kenne sie kaum. Sie ist erst seit ein paar Monaten bei uns.«

»Wie lange genau?«

»Seit Oktober. Das ist das dritte Mal, dass sie angereist ist.«

»Was ist mit ihrer Familie? Hat sie einen Freund?«

»Also Besuch hat sie meines Wissens hier nie bekommen. Sie hat von ihrer Mutter und einem Bruder namens Piotr erzählt. Sie leben zusammen in Rzeszow.«

»Bitte geben Sie uns ihre Adresse? Wo liegt denn dieses Schääschufff?«

»Im Südosten Polens zwischen der Ukraine und der Slowakei. Also verdammt weit weg.«

»Haben Sie Ihre Angestellte über eine Vermittlungsagentur bekommen?«

»Ja von der Bayernhomecura.«

»Auch von dieser brauche ich bitte Anschrift, E-Mail und Telefonnummer. Wie sind Sie auf die gekommen?«

»Die sitzen in Pfarrkirchen. Das ist jetzt einige Zeit her seit unserem ersten Kontakt. Der ist über Bekannte, die bereits gute Erfahrungen gemacht haben, zustande gekommen. Aneta ist die sechste Kraft, die ich mir über diese Agentur vermitteln habe lassen.«

»Wir werden die Bayernhomecura wegen des Todes von Frau Mazur verständigen. Bitte unternehmen Sie in dieser Hinsicht keine weiteren Schritte. Wie viele Personen leben bei Ihnen im Haus?«

»Mein Mann und ich, unser Sohn, meine pflegebedürftige Schwiegermutter, Aneta oder eine andere Kraft, die mich hier in der Pflege unterstützt. Also immer fünf Personen.«

Vom Erdgeschoss drang die Stimme eines jungen Mannes durch das Treppenhaus und die geöffnete Türe zu ihnen. Seine Worte klangen aufgebracht, und der einzige Satz, der neben vielen unterschiedlichen Wortfetzen verständlich war, lautete: »Ich wohne hier, verdammt noch mal.«

Annamirl Leidl-Berggump schnellte in die Höhe. »Das ist mein Sohn!«

Max stand auf. »Ich hol ihn.«

Annamirl Leidl-Berggumps Mundwinkel zuckten. Starr sank sie zurück auf ihren Stuhl. Fäustl und sie wechselten kein Wort, bis Max mit ihrem Sohn das Zimmer betrat. Ein großer hagerer Mann in einem rot-weiß geringeltem Ski-Anzug mit Vollbart und längeren gelockten Haaren, die unter einer gelben Mütze hervorquollen.

»Zacharias«, entfuhr es seiner Mutter, während er die Mütze abnahm und sich mit der Schulter an den Türrahmen lehnte, als brauche er bei ihrem Anblick dringend Halt.

»Boah, Mama«, kam aus ihm heraus, als hätte er mit ihr in diesem Raum als Letztes gerechnet. Kopfschüttelnd ging er auf sie zu, bückte sich und schloss seine Mutter in die Arme. »Ich dachte, du wärst tot.«

»Wie hat dich denn diese …« Sie hielt kurz inne und sammelte sich, »Falschmeldung erreicht?«

»Papa hat mich von seiner Dienstreise aus angerufen. Er ist auf dem Weg.«

Fäustl räusperte sich. »Unser Büro hat nach der Entdeckung der Leiche routinemäßig sofort versucht, mit den Angehörigen Kontakt aufzunehmen. In Ihrem Fall mit Ihrem Ehemann.« Er wandte sich an Zacharias: »Herr Leidl-Berggump …«

»Mein Name ist Berggump. Kein Leidl davor«, unterbrach ihn Zacharias.

»Herr Berggump, bitte rufen Sie Ihren Vater umgehend an und erklären ihm, dass Ihre Mutter noch am Leben ist.« Nun nahm Fäustl Annamirl Leidl-Berggump ins Visier. »Wenn Sie das tun würden, Frau

Leidl-Berggump, denkt Ihr Mann noch an Stimmen aus dem Jenseits, die ihn heimsuchen. Und es passiert im schlimmsten Fall ein weiteres Unglück, weil er darüber erschrocken ist.«

»Was ist denn hier eigentlich los?«, wollte Zacharias wissen. In seinem Gesicht spiegelten sich Ahnungslosigkeit, Glück über das plötzliche Wiederauferstehen seiner Mutter und das ungute Gefühl über zu viel Polizei in seinem Elternhaus wider.

Fäustl fasste für ihn das Wichtigste zusammen, und als der Name Aneta in seiner Erzählung auftauchte, wich aus Zacharias Gesicht jegliche Farbe und er schloss seine Augen.

*

Monsignore Hirlinger sah seiner Haushälterin an, dass ihr etwas auf den Nägeln brannte. Dafür gab es stets zwei Anzeichen, die sich meistens gleichzeitig einstellten. Zuerst änderte sich ihr Gang. Aus dem gemütlichen Schlendern wurde ein Stampfen, und im nächsten Augenblick erschien dieser Ausdruck auf ihrem Gesicht, der besagte: »Ich bin zwar das Gegenteil von entspannt, tue aber so, als könne mich nichts aus der Ruhe bringen.« Als sie gemeinsam seine Wohnung betreten hatten und vom Flur zur Küche geschritten waren, fiel ihm sowohl ihr Gang als auch ihre Mimik auf. Vor der Spüle blieb sie stehen, zog sich ihren müffelnden Krampusmantel aus und hängte ihn über die Lehne eines Stuhles am Küchentisch.

Hirlinger hatte kein gutes Gefühl. Was brütete das Gehirn seiner Haushälterin dieses Mal aus? Fräulein Schosi war oft unberechenbar, und das hatte ihn schon in die peinlichsten Situationen hineinmanövriert. Er sah ihr zu, wie sie die Spülmittelflasche drückte, etwas vom Inhalt in ihren Händen verteilte und dann ihr Gesicht einseifte, um den schwarzen Korkenruß zu entfernen, der seit mehreren Stunden an ihr haftete.

»Nehmen S' doch lieber eine hautfreundlichere Seife aus dem Badezimmer. Des Zeug ist doch fürs Geschirr.« Der breite Rücken schien seinen Vorschlag nicht gehört zu haben, denn Fräulein Schosi machte weiter. Plötzlich hielt sie inne und drehte sich um. Ihr gesamtes Gesicht war mit grauem Seifenschaum bedeckt. »Des is alles bloß Geldmacherei. Die eine Seife ist so gut wie die anderen. Und dieses Spülmittel da hab ich im Bio-Laden gekauft. Des is vom Alois Vera.« Sie hielt ihm die Flasche entgegen.

Der Monsignore schmunzelte. »Sie meinen, da ist Aloe vera enthalten.«

Fräulein Schosi schielte aufs Etikett. »Wie auch immer.« Ihre Hand tastete hinter sich nach einem Geschirrtuch, das am Griff einer Schublade neben der Spüle befestigt war, um sich den Seifenschaum aus dem Gesicht zu wischen. »Monsignore …«

Das klang, als wolle Fräulein Schosi nun zum eigentlichen Thema kommen.

»Was kann ich für Sie tun?«

»Ich denke mir die ganze Zeit, dass ich den Berggumps irgendwie verpflichtet bin.«

»Wie meinen Sie das?«

»Na ja, ich bin mit der Annamirl seit Jahren gemeinsam im Frauenbund. Und jetzt sitzen ihr Mann und ihr Sohn allein da, und dann gibt's da noch die Schwiegermutter, die pflegebedürftig im ersten Stock vegetiert. Ich muss denen unter die Arme greifen.«

»Die können wirklich Unterstützung gebrauchen. Das sehe ich auch so.« Nach einer kurzen Pause hob der Monsignore seinen Zeigefinger. »Moment, die haben doch eine Putzfrau und so eine polnische Hausangestellte, wenn ich mich nicht täusche.«

»Ja, aber die ist doch bloß für die Alte da. Die kümmert sich sicher ned um den Herbert und den Zacharias.«

»Ich würde an Ihrer Stelle erst Ruhe einkehren lassen, und dann melden Sie sich in ein paar Tagen und fragen, ob Sie irgendwas für die zwei Berggump-Männer tun können. Die freuen sich sicher über eine Essenseinladung oder so was.«

»Ich geh da jetzt hin und wisch mal sauber durch«, sagte sie entschlossen.

Dem Monsignore war klar, dass es Fräulein Schosi ernst meinte. »Nein, die brauchen erst mal Ruhe.«

»Zeitlebens hat die Annamirl nicht gewusst, wie man einen Besen in der Hand hält. Ihre Putzfrau kenn ich schon, die taugt nix. Wer soll eigentlich des ganze Blut wegputzen? Ich schnapp mir jetzt einen Eimer und einen Feudel und schau bei denen vorbei.«

»Fräulein Schosi, sind Sie noch ganz bei Trost?«

»Wieso?«

»In dem Haus ist gerade jemand ermordet worden. Die Polizei ist da sicher noch am Machen. Sie können dort keinesfalls heute noch vorbeischauen.«

»Die brauchen meine Hilfe!«

»Ich bitte Sie inständig, noch abzuwarten und erst bei den Berggumps anzurufen, ob Ihre Hilfe überhaupt erwünscht ist.«

»Natürlich ist sie das!« Fräulein Schosis Stimme hatte einen keifenden Unterton bekommen.

Da war er wieder. Dieser Moment, in dem Hirlinger seiner Haushälterin mindestens einen offenen Beinbruch wünschte, um nichts Dummes mehr anstellen zu können. Er schickte ein Stoßgebet gen Himmel, dass sie es sich doch noch anders überlegen würde, aber sie war bereits an ihrem Haushaltsschränkchen und griff nach einem ihrer Wischmopps. In den unpassendsten Momenten konnte seine Haushälterin so stur sein wie ein Esel, der beschlossen hatte, nicht mehr weiterzugehen. »Fräulein Schosi, ich bin entschieden dafür, erst einmal eine Trauerkarte an die Familie Berggump zu schicken und sie darin zu fragen, ob wir etwas für sie tun können. Ob und in welchem Umfang sie Hilfe annehmen wollen, können sie dann selbst entscheiden. Finden Sie das nicht besser, als jetzt überstürzt bei ihnen im Haus aufzutauchen? Ich halte nichts davon, Menschen in Ausnahmesituationen einfach zu überfahren. Schauen Sie, man muss den Leuten doch auch eine Wahl lassen.«

Mitten in ihrer Bewegung erstarrte Fräulein Schosi zu einer Statue. In der einen Hand hielt sie ihren Wischmopp und in der anderen einen Putzeimer. Sie erinnerte ihn an die Heilige der Raumpflegerinnen, und Hirlinger kramte in seinem Gedächtnis, welche Heilige für diese Berufsgruppe zuständig war. Hygia fiel ihm ein, das war nur keine Heilige, sondern die griechische Göttin der Gesundheit, und hier hinkte der Vergleich mit seiner Haushälterin. Sie war alles andere als eine griechische Göttin.

»Eine Auswahl«, murmelte Fräulein Schosi, ohne ihn anzusehen.

»Eine … Wahl lassen … ähhh, meine ich«, stotterte Hirlinger.

»Das ist gar keine so schlechte Idee.« Nun kam Bewegung in Fräulein Schosi. Sie stellte die Putzutensilien zurück in den Schrank, würdigte ihren Arbeitgeber keines Blickes mehr und stapfte in Richtung Festnetztelefon.

Hirlinger bekam es mit der Angst zu tun. Was führte Fräulein Schosi im Schilde? Er kannte sie. Diese Entschlossenheit, mit der sie gerade zu Werke ging, ließ ihn nichts Gutes befürchten. »Was haben Sie vor?« Seine Stimme hallte laut und direkt durch die Wohnung, doch von Fräulein Schosi kam keine Reaktion.

Sie griff nach dem Hörer, überlegte kurz und tippte dann eine Nummer ein. Nach kurzer Zeit legte sie wieder auf. »Keiner da.«

»Bitte sagen Sie mir doch, was Sie genau vorhaben.«

»Ich telefoniere den Frauenbund ab, ob wir gemeinsam in irgendeiner Form der Familie Berggump helfen können.«

»Kommissar Kramer hat uns gebeten, über den gewaltsamen Tod von Frau Leidl-Berggump kein Wort zu verlieren.«

»Dann sag ich halt einfach, ich hab gehört, sie ist an einem natürlichen Tod gestorben.«

»Wir sollen das Wort ›Tod‹ nicht in den Mund nehmen. Das hat sicher gewichtige Gründe, die mit seiner Ermittlungsarbeit zusammenhängen.«

»Ich kann Schweigen wie ein Grab.«

»Dann tun Sie das bitte auch!«

Missmutig schlurfte Fräulein Schosi zurück in die Küche. Schob den Monsignore, der in der Tür stand, beiseite und steuerte auf den Küchenschrank zu. Dort angekommen, öffnete sie ein Fach und holte eine Flasche mit grüner Flüssigkeit hervor. Pfefferminzlikör! Sie nahm einen kräftigen Schluck direkt daraus, setzte kurz ab und genehmigte sich sofort einen zweiten. Der Monsignore fasste sich an die Stirn und wusste in diesem Moment, dass die Sache mit der Hilfsaktion für die Berggumps noch längst nicht ausgestanden war.

»Kondolieren wird ma' doch no' dürfen«, murmelte seine Haushälterin beiläufig, aber so laut, dass es Hirlinger mitbekam.

*

Herbert Berggump blickte zuerst auf seine Armbanduhr und anschließend auf seinen geparkten Mercedes. Er würde schon keinem Bekannten begegnen. Zwar wusste er, dass er grundsätzlich mit dem Schlimmsten rechnen musste, doch bis zu diesem Tag war das Schicksal mit ihm gnädig umgegangen.

Er ging zur Raststation zurück, die er eben passiert hatte, und wollte sich eine Cola kaufen und irgendetwas Süßes.

Er musste zugeben, dass die Beziehung zwischen ihm und seiner Frau als regelrechtes Klischee begonnen hatte. Sie war Studentin der Kunstgeschichte und er Student der Betriebswirtschaftslehre in München. Sie war hübsch und er war voller Ehrgeiz, die Karriereleiter bis ganz nach oben hochzuklettern. Von Anfang an hatte er sie unwiderstehlich gefunden. Dieses Mädchen hatte er auf einem Gartenfest seiner Studentenverbindung gesehen und sofort sein Glück versucht. Sie hatte ihm ihre Adresse und die Telefonnummer ihrer WG gegeben. Handys hatte damals noch keiner. Und am nächsten Tag hatte er sie bereits angerufen und zu einem Kaffee eingeladen, dann folgte ein Drink in einer Bar und nach ein paar Tagen ein gemeinsames Abendessen in einem Restaurant der Oberklasse, das dank seines Stipendiums gleich beeindruckender ausgefallen war, als sich das Annemarie Leidl vorgestellt hatte. Er hatte in ihr sein »Mäuschen« gefunden, mit dem er eine Familie gründen wollte und die in seinen Augen auch für seine Eltern vorzeigbar war. Dazu kamen sie noch aus der gleichen Gegend. Er aus Altötting und sie vom Chiemsee. Und dann besaß sie auch noch diese charmante Art, sie nannte sich nicht Annemarie, sondern Annamirl, und sowohl im Kostüm als auch im Dirndl machte sie eine gute Figur. Kurz: Sie war perfekt! Mit so einer Frau an seiner Seite würde er Karriere machen. Sie ergaben das perfekte Bild eines glücklichen Paares. Leider blieb nach der Geburt des gemeinsamen Sohnes Jahr für Jahr immer weniger Leidenschaft übrig.

Er ging in das Rasthaus und sah sich um, wo die Kühlschränke standen, denn er wollte im Bedienbereich nicht Platz nehmen, sondern gleich wieder ins Auto steigen. Hinten rechts neben den Kassen wurden seine Augen fündig. Als er nach einer Cola greifen wollte, vibrierte sein Telefon und er las den Namen seines Sohnes auf dem Display. Umgehend stellte er das Getränk zurück und ging dran. »Ja, Zacharias?«

»Papa, bist du gerade am Steuer?«

»Nein, ich mache Pause.«

»Okay, das wird dich jetzt umhauen.«

»Was gibt's?«

»Mama ist gar nicht tot. Sie lebt. Aber Aneta ist in unserem Haus von einem Unbekannten ermordet worden. Moment, ich gebe dir schnell Mama.«

»Hallo, Herbert«, hörte er die Stimme seiner Frau aus dem Lautsprecher.

»Annamirl …«

Eine lange Pause folgte. Herbert fehlten die Worte. Sein Kopf war vollkommen leer. Auch seine Frau wusste anscheinend nichts zu sagen, denn außer ihrem Atemgeräusch drang kein Wort aus dem Lautsprecher.

»Herbert, wo bist du?«

»Auf dem Weg zu euch.«

»Und wo genau?«

»Bei Paderborn auf der Autobahn. Dauert mindestens noch sechs Stunden.«

»Bis dann, Herbert.«

»Mach's gut.« Die Verbindung war beendet. Nun griff er erneut in den Kühlschrank, um sich eine Cola zu angeln, nahm an der Kasse einen Schokoriegel mit und bezahlte. Beides konsumierte er auf dem Weg zu seinem Mercedes. Er ließ den Motor an und fuhr bis zur nächsten Ausfahrt. Seine Augen betasteten das bayerische Gebirgspanorama, dann setzte er den Blinker. »Bad Aibling« stand auf dem Verkehrsschild. Kaum, dass er von der Autobahn auf die Landstraße eingebogen war, lenkte Herbert seinen Wagen rechts ran, trat die Kupplung durch, legte die Handbremse ein, nahm den Gang raus und schlug hemmungslos auf das Lenkrad ein, bis er nichts mehr in seinen Händen fühlte.

*

Das Fenster in Max' und Fäustls Büro war gekippt. Ein kühler Luftzug wehte herein. Zacharias nahm das Angebot gern an, eine Tasse Kaffee während der weiteren Befragungen mit den Kriminalern zu trinken. Schwarz und ohne Zucker, genau wie Max. Die Kaffeemaschine auf dem Fensterbrett ging tropfenweise ihrer Arbeit nach, bis sie durch ein Röcheln ankündigte, dass der Kaffee komplett durchgelaufen war.

Fäustl bediente sich am Süßstoff. Annamirl Leidl-Berggump wollte nichts mit Koffein, sie sei schon aufgeregt genug. Lediglich ein Glas Leitungswasser wünschte sie. Allerdings starrte sie dieses die gesamte Zeit über an und führte es nicht zu ihren Lippen, als wäre es nur ein Requisit. Nachdem Fäustl alle wichtigen Punkte fürs Protokoll abgehakt hatte und nun wusste, dass Zacharias mit seinen knapp zweiunddreißig Jahren immer noch monatsweise zu Hause wohnte, obwohl er auch eine Wohnung in München sein Eigen nannte, kam er auf die für den Fall entscheidenden Punkte zu sprechen.

»Wo Sie waren, Frau Leidl-Berggump, wissen wir. Wann haben Sie das Haus verlassen?«

»So um Viertel vor sieben muss das gewesen sein.«

Fäustl sah auf seine Notizen. »Um etwa halb sieben haben Sie mit Frau Pala telefoniert. Worum ist es da gegangen?«

»Dass ich nach dem Yoga und einem Saunagang zu ihr kommen werde.«

»Ah, Sie machen Frühsport?«

»Ja, in einem Studio in Neuötting.«

»Und da wurden Sie gesehen?«

»Das nehme ich an, denn ich bin nicht die Einzige, die an den Yoga-Stunden am Wochenende teilnimmt.«

»Und danach?«

»Habe ich noch etwas eingekauft und bin zu meiner Freundin gefahren. Wir haben ausgiebig gefrühstückt, bis Sie plötzlich in der Tür standen.«

»So lange frühstücken Sie?«

»Manchmal sogar bis in den Spätnachmittag hinein.«

»Das machen Sie jeden Samstag?«

»Nicht jeden, aber doch häufiger. Ich will nicht im Haus sein, wenn meine Putzfrau bei mir rumgrutscht.

Außerdem bin ich gerade Strohwitwe, mein Mann auf Geschäftsreise, mein Sohn in München. Was soll ich also allein daheim?«

»Ihre Schwiegermutter?«

»Die ist gut versorgt.« Annamirl Leidl-Berggump hielt inne, denn ihr wurde schlagartig bewusst, dass sie einen Fehler gemacht hatte. »Ich meine natürlich, die war gut versorgt«, verbesserte sie ihre Zeitwahl.

Fäustl ließ von ihr ab und musterte Zacharias. »Wo waren Sie im fraglichen Zeitraum von sieben Uhr bis neun Uhr?«

»Ich bin aus München runtergefahren und war dann noch am Inn spazieren.«

»Wann sind Sie in München aufgebrochen?«

»So um acht Uhr.«

»Zeugen?«

»Ich wohne allein. Aber Moment ...« Seine Hand wanderte in die Seitentasche seines rot geringelten Ganzkörperanzugs. Auf seiner Stirn standen Schweißperlen.

Kein Wunder, dachte sich Max. Er wäre in Zacharias Outfit schon komplett geschmolzen.

Umständlich kramte Zacharias nach einem weißen, zerknüllten Zettel. »Ich habe hier eine Tankquittung von der Tankstelle bei Dorfen. Da steht die Zeit drauf, als ich dort angehalten habe.«

Max beugte sich über den Schreibtisch und griff danach. Auf der Rechnung war acht Uhr fünfunddreißig abgedruckt. Schweigend reichte er sie weiter an Fäustl, der die Augenbrauen hob, um sie dann zu seinen Akten zu legen.

»Ist Ihnen aufgefallen, ob der Täter etwas hat mitgehen lassen?«, fragte Max an seine Gegenüber gerichtet.

Zacharias fühlte sich angesprochen. »Nein, es fehlt nichts. Schmuck und Bargeld liegen in einem Tresor im Keller, und ansonsten war auf den ersten Blick alles an seinem Platz.«

»Wie war der Tagesablauf von Frau Mazur in Ihrem Haus?«, fragte Fäustl.

Annamirl Leidl-Berggump antwortete, ohne ihren Blick vom Wasserglas zu heben. »Sie ist um sechs Uhr aufgestanden, hat sich fertig gemacht, dann nach meiner Schwiegermutter gesehen und ihr das Frühstück gebracht. Während der Pflegedienst im Haus war, hat sie sich meistens in ihrem Zimmer aufgehalten oder war kurz draußen Luft schnappen.«

»Sie hat Ihre Schwiegermutter also nicht wirklich gepflegt?«

»Doch, aber ...« Annamirl Leidl-Berggump geriet ins Stocken. »Wie sage ich das jetzt am besten? Also eine sogenannte Behandlungspflege wird in dem Vertrag mit ihrer Vermittlungsagentur sowieso ausgeschlossen. Sie hat eine Grundpflege geleistet, und davon auch nicht zu viel.«

»Aha.« Weder Max noch Fäustl hatten verstanden, was Annamirl Leidl-Berggump gerade mit den unterschiedlichen Pflegearten von sich gegeben hatte und was Aneta Mazurs konkrete Aufgabe gewesen war.

Max rührte in seinem Kaffee und legte den Löffel klirrend auf der Untertasse ab. »Bitte geben Sie mir ein paar Beispiele. Ich habe es nicht genau begriffen.«

Nun sah ihn Annamirl Leidl-Berggump für einen Moment an, richtete dann aber umgehend ihre Augen zurück auf das Wasser. Auf die beiden Ermittler wirkte ihre Körpersprache äußerst befremdlich. »Sie durfte keine Injektionen verabreichen oder andere medizinisch pflegerische Tätigkeiten verrichten. Sie hat Alltagshilfe geleistet. Ihr das Essen gegeben oder die Inkontinenzversorgung zwischen den Besuchen der ambulanten Pflege übernommen. Oh Gott …« Sie presste sich eine Hand vor den Mund, als wäre sie plötzlich von etwas erschrocken. »Haben Sie endlich mit der Bayernhomecura gesprochen, Herr Kommissar?«

»Das kommt noch.«

»Wenn Sie das nicht bald tun, muss ich das in der nächsten Stunde erledigen. Egal ob Sie das dann bereits gemacht haben oder nicht. Denn sonst schicken die mir rechtzeitig keinen Ersatz. Und ich kann mich nicht um meine Schwiegermutter kümmern.«

»Sind Sie noch berufstätig?«, wollte Fäustl wissen.

»Nein, aber ich habe viele Ehrenämter und natürlich meinen Haushalt.«

»Sie hätten also Zeit, Ihre Schwiegermutter zu versorgen?«

Trotzig legte Annamirl Leidl-Berggump ihre Fingerkuppen aneinander und setzte ein trockenes Lächeln auf. »Nein, neben meinen Aufgaben bleibt mir wenig Zeit. Und …« Sie machte eine Pause. »Ich habe schlichtweg keine Lust dazu.«

Max wurde hellhörig. »Warum?«

»Die Mutter meines Mannes hat mir vor ihrem Schlaganfall das Leben zur Hölle gemacht. Ich weiß, dass sie jetzt ein sehr bescheidenes Dasein fristet, aber ich gönne ihr jede Sekunde. Und falls Sie mich deswegen als herzlos verurteilen, ist mir das egal.«

Beschwichtigend hob Max seine Hände, um ihr zu bedeuten, dass ihm solche privaten Dinge vollkommen gleichgültig waren. »Lassen Sie uns zu Frau Mazur zurückkehren. Wann wäre sie das nächste Mal wieder nach Hause gefahren?«

»Ich muss in meinem Terminkalender nachsehen.« Annamirl Leidl-Berggump zog ein kleines schwarzes Heftchen aus ihrer Handtasche heraus, die sie neben ihren Stuhl gestellt hatte, und begann zu blättern. »Am fünfzehnten Dezember.«

»Also in eineinhalb Wochen«, überschlug Fäustl den Zeitraum. »Und wie heißt die Dame, mit der sich Frau Mazur immer abwechselt?«

»Frau Krukowska. Die kommt aber nicht mehr, und die Bayernhomecura teilt uns erst kurz vor knapp mit, wer nun die neue Pflegerin ist. Die eine ist so gut wie die andere. Bisher hatten wir da noch nie Probleme.«

*

So kurz nach Mittag herrschte kaum Verkehr auf den Landstraßen, bis auf einen Sattelschlepper, der bei Pfarrkirchen ebenfalls versuchte, Richtung Stadtzentrum abzubiegen. Als er dieses Hindernis endlich hinter sich gelassen hatte, lotste ihn sein Navi in ein Industriegebiet unweit der Bundesstraße, das neben einem Fast-Food-Restaurant auch mehrere Möbelhäuser und ein Autocenter beherbergte.

Peter hielt mit seinem Golf auf einem halb vollen Parkplatz, der zu mehreren Gebäuden gehörte, und stellte den Motor ab. Das musste es sein. Er erspähte die betreffende Hausnummer neben dem Eingang am linken zweistöckigen Gebäude. Schmucklose, helle Industriefassade und mehrere Schilder, die auflisteten, welche Firmen ihre Büros darin unterhielten. Er griff zu seiner Kamera und zoomte die Firmenlogos zu sich heran. »Bayernhomecura« war durch die Linse klar zu erkennen. Peter drückte ab. Mit diesen Bildern würden sie Europa fluten. Die Zusammenarbeit mit dem polnischen Magazin garantierte ihm eine Veröffentlichung in zwei Ländern und die dazugehörigen Tantiemen. Sein Auftraggeber hatte ihm versichert, dass ein Magazin in Frankreich und eines in Tschechien ebenfalls Interesse an ihren Recherchen bekundet hatten. Perfekt! Je größer das Verbreitungsgebiet, umso mehr klingelte die Kasse. Noch zwei Bilder zur Sicherheit, dann legte er seine Kamera auf dem Beifahrersitz ab und griff zum Mobiltelefon. Immer noch keine Nachricht von Aneta! Langsam machte er sich Sorgen. Das war nicht ihre Art. Bisher hatte er sie als hart arbeitende Journalistin kennengelernt, die alles hintanstellte, um einen guten Job zu machen. Solange sie sich nicht meldete, würde er allein weitermachen müssen, denn die Zeit drängte. Peter besah sich das PDF, das der Leitende Redakteur ihm geschickt hatte. Über die Internetfunktion seines Handys ging er auf die Homepage von Bayernhomecura Pfarrkirchen und wählte die dort verzeichnete Nummer. Sie boten vierundzwanzig Stunden Erreichbarkeit an, auch sonn- und feiertags. Umgehend hatte er eine automatische Ansage am anderen Ende, die ihn aufforderte, eine Nachricht zu hinterlassen. »Guten Tag, mein Name ist Huber. Bei uns in der Familie ist es kurzfristig zu einem Pflegefall gekommen. Wir können meinen Vater nicht mehr allein lassen, und wir brauchen Ihre Hilfe, lieber gestern als heute. Bei uns brennt die Hütte. Ich bitte Sie um einen Rückruf so schnell wie möglich. Sollte sich meine Nummer nicht übertragen haben: Mein Name ist Boris Huber.« Nun diktierte Peter noch seine Mobilfunknummer und legte auf. Er war gespannt, wie viel Zeit verstreichen würde, bis sich die Bayernhomecura bei ihm meldete.

Er hatte das Handy noch in der Hand, als er die eben gewählte Rufnummer auf seinem Display blinken sah. Umgehend nahm Peter das Gespräch entgegen und startete seine App, mit der er das alles heimlich mitschneiden konnte. »Huber. Guten Tag.«

»Hier ist die Bayernhomecura, Sie hatten um einen Rückruf gebeten?« Der Tonfall klang nach einem Mann mittleren Alters.

»Ja. Danke, dass das so fix ging.«

»Wir sind für unsere Klienten und Angestellten immer zu erreichen. Was können wir für Sie tun, Herr Huber?«

Peter begann das Märchen vom pflegebedürftigen Vater zu erzählen, welches er sich vorher zusammengesponnen hatte. »Wie schnell können Sie denn jemanden schicken?«

»Wenn wir alle Formalien prompt mit Ihnen erledigen, im Prinzip sogar binnen achtundvierzig Stunden. Gemeinsam mit Ihnen erstellen wir als Erstes ein auf Ihre und die Bedürfnisse Ihres Vaters angepasstes Betreuungskonzept, um eine rundum optimierte und Ihren finanziellen Möglichkeiten angepasste Betreuung zu organisieren.«

»Geld wird keine Rolle spielen.«

»Das ist natürlich gut zu hören, aber bei uns sind die Vermittlungsgebühren immer dieselben.«

»Mir ist es wichtig, dass alles schnell und unbürokratisch über die Bühne geht.«

»Wir richten uns ganz nach Ihren Wünschen.«

»Aus welchen Ländern kommen Ihre Pflegekräfte? Polen, habe ich gehört. Wie sind deren Deutschkenntnisse?«

»Die meisten sprechen Deutsch und oder Englisch. Ja, aus Polen, manche sind auch aus der Slowakei. Wir sind bekannt dafür, auf eine faire Personalpolitik zu achten. Bei unseren ausländischen Partnern ist uns rechtliche Konformität ein wichtiges Anliegen. Es gibt ja so viele schwarze Schafe in unserer Branche, das können Sie sich gar nicht vorstellen. Wir versuchen, ein leuchtendes Beispiel am dunklen Horizont der häuslichen Pflege zu sein.«

»Bewundernswert! Ich bin selbstständig. Mir ist bewusst, dass Ihr Metier ein bürokratischer Dschungel ist. Darum beneide ich Sie nicht.«

»Woher rufen Sie uns an, Herr Huber?«

»Aus Altötting. Ihre Firma ist mir von Bekannten empfohlen worden.«

»Altötting, also.« Der Mitarbeiter machte eine längere Pause, die Peter seltsam vorkam. So als würde die Nennung des Ortes etwas in ihm auslösen, vielleicht sogar Misstrauen erregen.

»Ich kann sofort ins Auto springen und nach Pfarrkirchen fahren.«

»Das brauchen Sie nicht. Wir können auch alles per Post machen. Sagen Sie mir mal Ihre E-Mail-Adresse, ich schicke Ihnen umgehend unsere Informationsmappe zu.«

»Moment, ich rufe in drei Minuten zurück. Mir brennt gerade was an.«

»Kein Problem, bis gleich.«

Peter Heilker verabschiedete sich. Er hatte drei Minuten, um eine verdammte E-Mail-Adresse auf irgendein Kürzel und Huber einzurichten. Anfängerfehler des Investigativjournalisten. Was hatte er vorher noch gleich für einen Vornamen benutzt? Er kramte in seinem Gedächtnis, bis ihm endlich »Boris« wieder einfiel. Er war Fotograf, Kameramann und mehr der Macher als der Bürohengst. Internetrecherche hatte ihm nie gelegen, was ihn jetzt einholte. »Bohuber@freepost.de« war nicht vergeben. Was für ein Glück. Nachdem er sich über sein Mobiltelefon verifiziert hatte, rief er erneut bei der Bayernhomecura an. Diesmal ging die Stimme von vorher gleich dran und nicht die automatische Ansage. Er startete wieder seine Aufnahme-App und gab sich zu erkennen. »Bitte schicken Sie mir die benötigten Informationen zu. Wie groß muss denn das Gästezimmer für die Pflegerinnen oder Pfleger sein?«

»Das ist egal. Machen Sie sich deshalb keine Gedanken. Ich sag mal so: Ein Loch sollte es nicht unbedingt sein, allein wegen der Motivation der Polinnen. Aber wenn es eben ein Loch ist, dann ist es eben das.« Die Stimme lachte schrill.

Genauso schlimm hatte sich Peter die schwarzen Schafe der Branche vorgestellt. »Brauchen die Leute einen Fernseher?«

»Nein, die meisten schauen auf ihrem Computer oder Handy polnische Streams. Internet wäre also nicht verkehrt.«

»Das ist kein Problem. Bezahle ich das Pflegepersonal dann direkt?«

»Nein, alle Zahlungen gehen direkt an uns. Wir kümmern uns um die Abrechnung mit den Pflegerinnen. Da brauchen Sie sich keine Gedanken zu machen. Wir sind sozusagen das Rundum-sorglos-Paket. Trotzdem sind wir nur die Vermittler, die Vierundzwanzig-Stunden-Betreuer, die wir Ihnen schicken, sind bei uns nicht angestellt.«

»Sind die vierundzwanzig Stunden Einsatzbereitschaft vertraglich garantiert?«

»Ich sag mal so. Wir garantieren Ihnen, dass die Polinnen vierundzwanzig Stunden Gewehr bei Fuß stehen.« Wieder erfolgte dieses unsympathische Lachen. »Ob das jetzt im Vertrag explizit aufgeführt ist oder eben nicht, ist in dem Fall zweitrangig. Es soll für Sie noch bezahlbar bleiben, nicht wahr? Schriftlich ist fixiert, dass die Pflegerinnen mindestens zwei bis drei Stunden täglich Freizeit haben oder einen ganzen freien Tag in der Woche oder optional zwei halbe Tage. Das ist natürlich ihre Auslegungssache. Das ist individuell zu klären. Die meisten sind einfach nur dankbar, dass sie bei uns überhaupt arbeiten dürfen.«

Das klang alles andere, aber nicht nach einem seriösen Anbieter. Peter und seine Kollegen hegten seit Längerem den Verdacht, dass die Bayernhomecura ihre Auftraggeber nicht davon abhielt, die vermittelten Pflegekräfte auszubeuten. Und so freimütig wie dieser Herr, der seinen Namen immer noch nicht genannt hatte, über das Thema referierte, war dies ein eindeutiger Hinweis.

»Herr Huber, ich maile Ihnen jetzt unseren Klientenfragebogen, den schicken Sie bitte ausgefüllt an uns zurück. Das wird dann die Grundlage unseres Vertrags.«

»So machen wir das.« Heilker legte das Telefon aus der Hand und griff wieder zu seiner Kamera. Er würde so lange warten, bis er auch die Gesichter abgelichtet hatte, die sich hinter der Bayernhomecura verbargen.

IV. WART IHR IMMER GUT UND BRAV?

Der Boden war hart gefroren. Jeder Schritt fühlte sich an, als würden die Stiefelabsätze Beton berühren und nicht einen Feldweg. Die Natur sah so viel weicher aus, als sie es im Winter war. Maria Evitas Blick glitt über die Felder. Hier am Stadtrand ging sie in der letzten Zeit am liebsten spazieren. Zwischen den Wiesen und dem Waldrand fand sie Ruhe und konnte nachdenken. Gerade in diesem ersten Herbst und Advent außerhalb des Klosters brauchte sie hin und wieder eine kleine Auszeit, wenn ihr der Trubel im Devotionalienhandel von Tante Traudl zu bunt wurde.

Ein eisiger Windhauch fuhr ihr in den Kragen und sie schloss den Reißverschluss ihres Anoraks bis unters Kinn. Sie klapperte mit den Zähnen und fühlte die Kälte, die durch ihre dünne Hose biss. Ein ungewohntes Gefühl. Bis auf die allmorgendliche Joggingrunde oder eine kurze Radtour zwischendurch hatte sie schon lange keine Hose mehr getragen. Der Habit, den sie die letzten Jahre getragen hatte, war aus einem schweren Wollstoff, der sie in den kalten Klostermauern immer gewärmt hatte. Maria Evita, oder Vevi, wie sie von allen genannt wurde, hatte sich noch nicht an den Gedanken gewöhnt, wieder eine Zivilistin zu sein. Ein mattes Lächeln glitt ihr übers Gesicht. Sie war für ein Leben als Braut Jesu nicht brav genug gewesen. Der Schmerz über diese Erkenntnis hielt sich allerdings in Grenzen, denn sie hatte weiterhin einen Mann an ihrer Seite, der auch noch besser aussah. So gesehen hatte sie ein altes Modell gegen ein neues getauscht. Max war schlappe zweitausend Jahre jünger als Jesus und vor allem mit einer Körpertemperatur von siebenunddreißig Grad ausgestattet, was bei ihren kalten Zehen in dieser Jahreszeit eine echte Hilfe war. Die Beziehung zur Jugendliebe aufzuwärmen, hielt ausnahmslos jeder Ratgeber in einer Frauenzeitschrift für eine schlechte Idee. Vevi stimmte dem ganz und gar nicht zu. Max hatte seit jeher einen Platz in ihrem Herzen, selbst dann noch, als er sie vor Jahren plötzlich im Stich gelassen hatte, um seine Ausbildung in München zu beginnen. Damals wollte er nur weg. Die Auseinandersetzungen mit seinem Vater nahmen kein Ende, und sie war ihm keine Stütze in der schweren Zeit, sondern nur ein weiterer Klotz am Bein. Was hätte er denn machen sollen? Was hätte sie denn machen sollen? Ihre Probleme wuchsen von Tag zu Tag. Den plötzlichen Tod ihrer Eltern, die ein Geisterfahrer auf der Autobahn auf dem Gewissen hatte, konnte sie nach Jahren noch nicht überwinden. Auch wenn sich ihre Tante Traudl abmühte, beide zu ersetzen, war es ein aussichtsloses Unterfangen. So war ihre naive Jugendliebe den Bach runtergegangen und Vevi am Boden gelandet. Sie seufzte. Am liebsten hätte sie alle unangenehmen Erinnerungen einfach gepackt und aus ihrem Kopf entfernt. Ebenso wie diesen Kinderchor, der schon wieder seine Weihnachtslieder an ihrem Trommelfell präsentierte. »Heidschi Bumbeidschi, bum bum« war ein Albtraum-Ohrwurm. Vevi stopfte sich ihre Bluetooth-Ohrstöpsel in den Gehörgang, suchte in der Musikbibliothek ihres Telefons nach einer passenden Gegenmaßnahme und wurde in einem Song ihrer Lieblingspunkband fündig. »First of all there was Ray, he went with Deidre yeah Ray! Thought that he was the bee's knees, but now he's left her and she's pleased …« In dem inhaltslosen Lied ging es um die Beschimpfung eines Mädchens namens Deidre. In dieser Sekunde genau das Richtige für ihre von den Kinder Sopranen geschundenen Nerven.

Je nach Tageszeit begegnete man auf dieser Strecke den unterschiedlichsten Menschen, aber immer denselben. Da waren die Rentner mit ihren Hunden, die jungen Mütter oder Väter mit den Kinderwägen, die Jogger oder die Einsamen. Sie gehörte für die anderen vermutlich zu den Einsamen. Bei den ersten Begegnungen blieb es, wenn überhaupt, bei einem schüchternen Nicken. Dann folgte mal ein »Guten Morgen« und nach einiger Zeit auch ein kurzer Small Talk. Vor ein paar Wochen war ihr hier allerdings eine junge Frau begegnet, mit der es sich anders verhielt. Sie arbeitete als polnische Pflegekraft und nutzte morgens und manchmal mittags noch mal eine kurze Zeit, um frische Luft zu schnappen, bis sie sich wieder ihrer Arbeit widmen musste. Vevi hatte mit der jungen Frau, die sich Aneta nannte, gleich bei ihrer zweiten Begegnung mehr als fünf Sätze gewechselt. Ihr Deutsch war flüssig und ihr Akzent nicht zu stark. Vevi hatte das Gefühl, als würden sich beide schon ewig kennen. Und sie teilten mehr als nur die Liebe zur gleichen britischen Punkband, wie sie umgehend feststellten. Aneta glaubte »ein bisschen an Gott«, wie sie sich ausdrückte, aber eigentlich zweifelte sie stark. Ihre polnische Familie war streng katholisch, und das brachte sie in einen Zwiespalt. Vevi redete nach wie vor mit Gott, hatte aber ein schlechtes Gewissen, dass sie ihn gegen Max eingetauscht hatte. Maria Evita kannte die Familie, bei der Aneta wohnte und arbeitete. Die Berggumps hatten einen Sohn in ihrem Alter. Zapfe kannte jeder in Altötting. Er hatte sich schon immer dem entzogen, was man in der Kleinstadt einen anständigen Lebensstil nannte. Er lebte abwechselnd in München und bei seinen Eltern. Sein Studium hatte er abgebrochen. Irgendetwas Geisteswissenschaftliches, wenn sie sich recht erinnerte, aber so intensiv war ihr Kontakt noch nie gewesen, dass sie das mit Sicherheit sagen konnte.

Vevi blieb wieder stehen. Vor ihr verlief der Feldweg in einer langen Geraden auf die Stadt zu. Normalerweise sah sie von diesem Punkt aus Aneta auf sich zukommen. Heute fehlte sie. Vevi überlegte kurz, ob sie vielleicht schon wieder zu ihren Eltern zurückgefahren war, denn sie wechselte im Vierzehn-Tage-Rhythmus. Das konnte nicht sein, denn heute war der

Sechste und Aneta war erst vor ungefähr einer Woche zurückgekommen. Schade, dass sie nun kein kurzes Gespräch führen konnten. Aneta hatte gestern irgendetwas auf dem Herzen gehabt, was sie aber aus Zeitgründen für sich behalten hatte. Na ja, Vevi seufzte, dann vielleicht morgen. Die Uhr auf ihrem Handy zeigte kurz nach zwölf an. Um eins wollte sie wieder im Laden ihrer Tante stehen. Seit Ostern bestimmte dieser nun ihr Leben. Sie war wieder in ihr Kinderzimmer eingezogen und stand montags bis samstags hinter dem Verkaufstresen. Spannend war etwas anderes. So, wie ihr Leben im Augenblick verlief, hatte sie sich das nicht vorgestellt. Die Kinderzimmerlösung nervte und Max' Wohnung in Mühldorf war klein. Außerdem besaß sie keinen Führerschein. Ihre Wohnungssituation stand ganz oben auf der Agenda. Seitdem die Autobahn nach München fertiggestellt war, hatte die städtische Wohnungsnot bis hierher aufs Land ihre Fühler ausgestreckt. Tante Traudl hatte zu Jahresbeginn die Möglichkeit eines eigenen Hauses für Vevi ins Spiel gebracht, Devotionalien brachten einen Haufen Geld ein, aber das Immobilienentwicklungsprojekt am Altöttinger Stadtrand war geplatzt. Obwohl sie nach wie vor mit Tante Traudl auskam, war es für die Zukunft des häuslichen Friedens unerlässlich, endlich in eigene vier Wände zu ziehen. Plötzlich drängten sich die plärrenden Kinderstimmen in ihren Gehörgang zurück, die zu einem inbrünstigen »In dulci Jubilo« anhoben. Vevis Miene fror ein, und sie regelte die Lautstärke nach oben, damit die Punkband wieder die Oberhand gewann. Rhythmisch und schnell bewegte sie ihren Kopf. Sie sang ein paar Zeilen mit, und ihre Laune, die durch den Ohrwurm kurz wieder einen Dämpfer bekommen hatte, besserte sich. Nein, heute sollte ihr nichts mehr die Laune verderben. Sie würde jetzt zurück zum Laden gehen, brav mehrere Rauschgoldengel, Krippenfiguren und sonstigen Schnickschnack unter die Touristen bringen und dann einen gemütlichen Abend mit Max in ihrem neuen Lieblingsrestaurant, dem Marco Antonio, verbringen. Einziger Haken an der Sache, es würde ein Doppeldate werden mit seinem Kollegen Fäustl und dessen Freundin Evi. »Heidschi Bumbeidschi bum bum«.

*

Roman Koschek stocherte in seinem Käsekuchen herum, der das heutige, verspätete Mittagessen darstellte. Er hatte in dem Backshop einfach darauf gedeutet, ohne zu fragen, ob sich Rosinen darin befanden. Er hatte es dem bleichen Käsekuchen nicht angesehen, aber jetzt war er dabei, diese Dinger herauszupopeln. Auf seinem Schreibtisch leuchtete sein Festnetzanschluss, und nachdem er gerade Pause machte, hatte er keine Lust, dranzugehen. Im nächsten Moment übernahm seine automatische Ansage die Begrüßung des Anrufers. Er würde gleich zurückrufen, aber jetzt wollte er noch ein paar Bissen hinunterschlucken. Die Süße und das Zitronenaroma hielten sich die Waage. Er kaute zweimal, schluckte und fand den Käsekuchen zwar nicht überragend, aber annehmbar. Plötzlich verschluckte er sich, denn der Anrufer war weder Neukunde noch vermittelte Betreuerin. Er lauschte gebannt der Nachricht, die der Unbekannte eben für ihn auf Band hinterließ. »Ja, Grüß Gott, hier ist Oberkommissar Kramer, Kripo Mühldorf. Ich bitte Sie, umgehend bei uns in der Kriminalpolizeistation Mühldorf zurückzurufen. Es ist dringend. Es geht um Frau Aneta Mazur.« Koschek wurde heiß und kalt gleichzeitig. Mist! Er griff zu seinem Mobiltelefon und rief kurz entschlossen seinen Geschäftspartner an. »Opfere dein freies Wochenende und komm sofort ins Büro. Nein, das geht nicht am Telefon, glaub mir!« Da sein Gesprächspartner nicht reagierte, setzte er »Ich habe recht gehabt!« nach. »Alles Weitere dann später.«

*

In einiger Entfernung zum Berggump'schen Haus parkte ein silberner VW Golf halb auf dem Gehweg. Neben dem Wagen stand ein Mann von knapp vierzig Jahren in Rollkragenpullover und Lederjacke, viel zu luftig für die Jahreszeit. Er hielt eine Kamera in Händen und fiel den Nachbarn, trotz des großen Geräts, gar nicht besonders auf, denn auf dem Grundstück der Berggumps herrschte immer noch das hektische Treiben der Kriminalpolizei. Peter knipste drauflos, und bei jedem Bild mehr wuchs in ihm das bittere Gefühl, dass dieser ganze Auflauf mit seiner Kollegin Aneta zu tun hatte. Die Adresse der Berggumps hatte er den Seiten entnommen, die ihm der Leitende Redakteur hatte zukommen lassen.

Von den Kirchtürmen Altöttings schlug es halb drei. Der Wind stand günstig und trug den Schall in diesen Teil der Wallfahrtsstadt. Eine ältere Dame führte ihren Dackel aus und grüßte den großen Mann, den sie mit irgendjemandem verwechselte. Peter grüßte ebenfalls flüchtig, als sie ein breites »Grias God, Sie waren ja schon lang nimmer da« von sich gegeben hatte. Die alte Frau ging an ihm vorbei und schien gar keine Reaktion auf ihren Satz zu erwarten, auch die Polizeiwagen und das Absperrband in der Einfahrt ihrer Nachbarn ignorierte sie.

Ungeduldig griff Peter nach seinem Telefon und drückte auf die Wahlwiederholung. Anetas Telefon war immer noch aus. Irgendetwas gefiel ihm an der Sache nicht. Zuerst dachte er, dass sie gerade nicht abnehmen konnte, um ihr Inkognito nicht zu gefährden, aber inzwischen ging er davon aus, dass ihr etwas zugestoßen war. Auch wenn es gegen jede Regel verstieß, die sie besprochen hatten und die im Investigativjournalismus galt, er würde jetzt zum Haus von Anetas Arbeitgebern rübergehen und den Polizisten seinen Presseausweis zeigen. Seine Befürchtungen ließen ihm jetzt keine Ruhe mehr. Was war mit ihr los, dass sie am entscheidenden Tag unerwartet den Kopf in den Sand steckte und die Polizei ihre Arbeitsstätte auf den Kopf stellte. Seine Schritte waren schnell. Kurze Zeit später stand er am Tor. Er bückte sich unter dem rot-weißen Absperrband hindurch, und gleich darauf war er an der Haustüre. Zwei Männer in weißen Ganzkörperanzügen standen daneben und rauchten. Als sie ihn musterten, zückte Peter seinen Presseausweis und hielt mit der anderen Hand seine Kamera in die Höhe. »Also ich wär jetzt dann so weit. Wer leitet diesen Einsatz? Beziehungsweise, wer hat bei uns angerufen?«

Die beiden weißen Männer zuckten mit den Schultern. Der Kleinere von beiden wandte sich dem Größeren zu. »Echt? Hat des Büro die Presse schon informiert?«

»Keine Ahnung«, gab der Große zurück und blickte zuerst Peter ins Gesicht und dann auf seine Kamera. »Wie war der Name?«

»Heilker ist mein Name.«

»Nein, ich meine von dem Kollegen, der Sie angerufen hat.«

»Keine Ahnung. Ich habe in der Eile den Namen nicht verstanden.« Peter tat drei große Schritte rückwärts und besah sich die Front des gelben Hauses. Der Stil erinnerte ihn an das Schloss am Wörthersee aus der Fernsehserie der Neunzigerjahre, allerdings für Arme. Hier wollte jemand mehr scheinen als sein.

»Sind Sie von der Zeitung?«

Peter nickte.

»Und von welcher?«

»Von der örtlichen«, gab Peter zurück, ohne nachzudenken.

»Wissen S' was, Herr … ähhh … Heilker, gehen S' einfach mal rauf in den ersten Stock, da finden Sie unseren Leiter der Spurensicherung. Der heißt Staudt. Der sagt Ihnen dann schon, worum es geht, und gibt Ihnen sicher den Kontakt zur Öffentlichkeitsarbeit.«

Peter bedankte sich und ging in den ersten Stock. Keiner hielt ihn auf. Oben angekommen, versuchte er einen ersten Überblick zu gewinnen. Die Menschen waren alle im Raum rechts neben der Treppe versammelt. Er sah die Rückenansicht einiger Ganzkörperanzüge, die auch die beiden Männer unten am Eingang getragen hatten. Die übrigen Türen waren geschlossen und auf dem Gang hielt sich niemand auf. Offensichtlich handelte es sich hier um einen Tatort. Einbruch oder Kapitalverbrechen? Peter tippte auf Zweiteres und hoffte inständig, dass er sich irrte. Peter ging zum Türrahmen und blickte in den mit weißen Menschen bevölkerten Raum. Er konnte nicht erkennen, worum sich die Gruppe scharte. Breite Schultern versperrten ihm die Sicht. Er hob seine Kamera über seinen Kopf, vergewisserte sich, dass der Winkel ungefähr stimmte, und drückte auf den Auslöser, um eine Fotoreihe aufzunehmen. Von dem Geräusch der schnellen Klickfrequenz aufmerksam geworden, erhob sich ein Mann und kam auf ihn zu. Mit seinem ganzen Körper drückte er Peter aus dem Raum. »Wer sind Sie?«

»Presse«, sagte Peter und präsentierte wieder seinen Ausweis.

»Hier ist noch nichts freigegeben. Scheren Sie sich raus! Egal wie Sie hierhergekommen sind. Das ist noch nicht für die Öffentlichkeit.«

Peter nickte verständig und verschwand. Er reagierte auf keine Fragen mehr, auf kein Kopfschütteln, auf nichts. Er hörte die Mitarbeiter der Spurensicherung hinter sich rascheln und wusste, dass er jetzt keine Zeit mehr verlieren durfte. So schnell wie möglich legte er die Strecke zu seinem Wagen zurück. Auf dem Fahrersitz blickte er auf seine Ausbeute in der Bildvorschau. Er sah vor allem roten Stoff und etwas, das ein Gesicht sein konnte. Er zoomte näher ran. Ihm stockte der Atem, als er Anetas blutverschmierte Gesichtszüge identifizierte. In diesem Moment sah er durch den Innenspiegel einen Leichenwagen vor dem Haus der Berggumps halten.

*

»Und jetzt?« Roman Koschek war kreidebleich. Er kaute an seinem Zeigefingernagel.

»Natürlich rufst du heute noch zurück. Wir müssen möglichst schnell wissen, was die genau von uns wollen. Also pronto!« Sein Geschäftspartner Arthur Winterstein zeigte nicht das geringste Anzeichen von Nervosität. Der Ton, den er anschlug, duldete keinen Widerspruch. Gegenstand ihres Dialogs war der Anruf von Oberkommissar Kramer aus Mühldorf auf dem Anrufbeantworter ihrer Firma Bayernhomecura.

»Glaubst du, dass sie uns bereits abhören?«

»Du bist irre! Ich hab noch nicht mal eine Ahnung, ob und was sie uns vorwerfen.«

»Vielleicht ist es besser, wenn wir …«

»Nein. Jetzt komm mal runter von deiner Paranoia. Du musst echt dagegen ankämpfen.«

»Ich hab dir gleich gesagt, dass mit der in Altötting etwas nicht stimmt, aber du wolltest ja nicht auf mich hören. Die anonymen Anrufe … die Hinweise …«

»Roman, es reicht.«

»Du weißt nicht, was ich weiß.«

»Und was weißt du?«

»Nach den Anrufen hab ich sie beobachtet, immer wieder wenn sie in Deutschland war.«

»Ich glaube dir einfach nicht, dass dich irgendwer angerufen hat, um dich vor einer unserer Pflegekräfte zu warnen. Ich nenne dies Paranoia. Paranoia!« Winterstein schrie Koschek direkt ins Gesicht.

Koschek drehte sich weg und sprach leise weiter, ohne sein Gegenüber direkt anzusehen. »Na schön, dann glaubst du das halt eben nicht. Jedenfalls war ich vor Ort.«

»Du bist nach Altötting gefahren? Was bist du für ein Idiot?«

»Ja, ich bin hingefahren, und ich hab gleichzeitig versucht, im Internet was über diese Mazur zu finden. In Altötting hat sie sich immer wieder mit der gleichen Person getroffen. Sie ist fast täglich zur gleichen Zeit spazieren gegangen.«

»Warum hatte sie Zeit, spazieren zu gehen?«

»Kein Ahnung, aber wie die Stimme am Telefon schon gesagt hat, sie war nur hier, um uns auszuspionieren.«

»Paranoia! Paranoia!« Winterstein fuhr seinen Arm aus und zog das Festnetztelefon in die Mitte der Schreibtischplatte, dann bedeutete er Koschek mit einer zackigen Bewegung seines Kinns, dass er nun endlich bei der Kriminalpolizei anrufen sollte. »Wir kommen am einfachsten aus der Geschichte raus, wenn wir uns der Polizei gegenüber kooperativ zeigen. Wegen des Rests telefoniere ich mal mit einem Anwalt.«

*

Max wurde aus Annamirl Leidl-Berggump nicht schlau. Inzwischen hatte sie zwar den stoischen Blick auf ihr Wasserglas aufgegeben, stattdessen starrte sie nun über seine Schulter durch das Fenster nach draußen. Ihr Sohn Zacharias wirkte teilnahmslos bis niedergeschlagen. Er war ihr Prinz, ein verhätscheltes Einzelkind, das sich immer noch nicht von seinen Eltern abgenabelt hatte.

»Hat Frau Mazur jemals Besuch bekommen?«

Beide schüttelten den Kopf.

»Hat sie Ihnen erzählt, ob sie bedroht würde oder vor irgendetwas Angst hätte?«

Abermaliges stummes Kopfschütteln von Mutter und Sohn. Die Befragung wurde durch das Klingeln des Telefons unterbrochen. Fäustl ging dran und meinte, nachdem er zweimal »Ja« von sich gegeben hatte, dass sie ihm das Gespräch bitte ins Nebenzimmer durchstellen sollten. Max gab ihm ein Zeichen, dass er allein weitermachen würde.

»Herr Kommissar?« Annamirl Leidl-Berggump rieb sich ihre Oberschenkel. »Wie geht das jetzt weiter? Bekomme ich Polizeischutz?«

»Weil Sie denken, dass es der Täter eigentlich auf Sie abgesehen hatte?« Max' Tonfall war nachdenklich, da er diese Option noch einmal in seinem Kopf bewertete.

»Ja, natürlich.«

»Wer könnte ein Interesse daran haben, Sie umzubringen?«

»Niemand!«

»Dann gibt es auch keinen Grund, Kollegen zu Ihrer Sicherheit abzukommandieren.«

Trotzig legte Annamirl Leidl-Berggump ihre Finger ineinander und presste die gefalteten Hände, bis sie von dem Blutstau rot wurden. »Sie tun also nichts für meine Sicherheit?«

Max hatte keine Lust auf eine Diskussion. »Wir kümmern uns Tag und Nacht darum. Ich glaube nicht, dass der Täter Sie töten wollte. Und da Sie bisher auch nicht bedroht wurden, kann ich nicht einfach ohne wirkliches Verdachtsmoment eine Streife zu Ihrem Schutz abstellen. Wann kommt denn Ihr Mann nach Hause?«

»Herbert? Im Laufe des Abends.«

»Schauen Sie: Zusammen mit Ihrem Sohn haben Sie zwei starke Männer bei sich, die, sollten Sie sich unwohl fühlen, für Sie da sein werden.« Aufmunternd nickte er Zacharias zu. »Nicht?«

»Natürlich bin ich für dich da, Mama«, sagte Zacharias und legte seiner Mutter die Hand um ihre Schultern.

»Bitte geben Sie uns die Nummer Ihres Mannes. Wir brauchen auch eine Aussage von ihm. Mir dauert das jetzt zu lange, die Nummer von den Kollegen einzufordern, die ihn heute Morgen wegen der Todesnachricht erreicht haben.«

Stumm sah Annamirl Leidl-Berggump zwischen Max und ihrem Sohn hin und her, bis sie unerwartet ihr Gesicht in den Händen vergrub und zu schluchzen begann. »Wo sollen wir denn jetzt hin? An einem so schrecklichen Ort kann ich nicht bleiben.«

Zacharias' Griff um seine Mutter wurde fester. »Wir finden eine Lösung.«

»Sie könnten ins Hotel von meinen Eltern ziehen«, rutschte es Max heraus, was er im nächsten Augenblick schon wieder bereute.

Das Wimmern verstummte. »Bekommen wir Prozente, wenn ich sage, dass Sie mich schicken?«

*

Peter starrte in seinen ausgetrunkenen Becher. Ein leichter brauner Colasatz war am Boden der glatten Papieroberfläche zurückgeblieben. Der Berg an Eiswürfeln war bereits komplett geschmolzen, und er hatte das Schmelzwasser Schluck für Schluck getrunken. Es war ein Indiz, wie lange er schon in der Ecke dieses großen Fast-Food-Restaurants saß. Er blinzelte, als erwache er aus einer Trance, und sah sich um. Die Dependancen dieser amerikanischen Kette gehörten nicht gerade zu Peters Lieblingsrestaurants. Im Gegenteil, sie waren jene Plätze, die er zutiefst verabscheute. Der Geruch von Frittierfett und das Publikum, das er mit Dumpfheit und ungesunder Lebensweise verband, hielten ihn normalerweise davon ab, solche Läden zu betreten. Aber heute war nichts normal. In seinem Blickfeld waren nur hässliche Möbel, die überall gleich aussahen. Er hatte sich auf seinem Stuhl niedergelassen und konnte nicht sagen, wie viel Zeit seither verstrichen war. Peter überkam aus dem Nichts der Wunsch nach einer Zigarette. Er hatte seit Jahren nicht mehr geraucht, nicht mehr, seitdem er vom Kinofilm zum Journalismus gewechselt war. Aber gerade wollte er etwas fühlen, der Taubheit entkommen, die sich seit dem Anblick von Anetas Leiche auf seiner Kamera in ihm ausbreitete. Er wollte den beißenden Rauch tief in die Lungenflügel ziehen und dann die Luft anhalten, bis sein Körper nicht mehr wollte und der Schmerz zu groß geworden war, um noch weiter den Atemreflex zu unterdrücken. Als er Anetas blutüberströmtes Gesicht erkannt hatte, war in seinem Kopf nichts übrig geblieben. Kein Gedanke mehr an ihre gemeinsame Arbeit oder seinen Auftrag. Alles war weg. Es war seltsam, wenn die unwirklichsten und unvorstellbarsten Dinge einen in der realen Welt einholten. Seine Hand tastete nach dem Handy, das neben ihm auf der Tischplatte lag. Er drückte zwei Tasten und das Gerät wählte die Nummer seines Redakteurs Tino Glaubitz. Nach ein paar Sekunden ging er dran.

»Hat sich Aneta bei dir gemeldet?«, hörte er die bekannte sonore Stimme seines Projektleiters.

»Sie ist tot«, hörte Peter sich sagen, als habe er gar keine Kontrolle darüber, welche Wörter seinen Mund verlassen würden.

»Was?«

»Ja. Voller Blut. Ich habe ein Foto gemacht.«

»Peter, geht es dir gut?«

»Nein.«

»Jetzt sag mir Punkt für Punkt, was genau vorgefallen ist.«

»Ich weiß es nicht, Tino. An der Adresse, wo sie gearbeitet hat, war Polizei. Sie ist immer noch nicht an ihr Telefon gegangen. Dann habe ich mich reingeschlichen und Fotos gemacht. Dort war ein Tatort, und in dem Gewühl auf dem Boden lag Aneta. Tot und fast bis zur Unkenntlichkeit zugerichtet.«

»Schick mir mal alle deine Bilder.«

»Jetzt?«

»Ja, sofort!«

Peter drohte die Stimme zu versagen. »Tino, was soll ich jetzt machen?«

»Mir die Bilder schicken«, drang Tinos Stimme mit Nachdruck an sein Ohr. »Hat die Polizei dich schon verhört?«

»Nein, aber vielleicht sollte ich mit denen sprechen …«

»Warum? Sind doch eh bereits am Ermitteln. Warte damit noch.«

»Aber ich muss doch …«

»Nein, Peter«, schnitt Tino ihm das Wort ab. »Das Ganze klingt nach einer Story in weit größerem Umfang, als ich mir das bisher vorgestellt habe. Unternimm nichts, bevor ich nicht mit unserer Chefredaktion gesprochen habe. Das ist vielleicht das Ding, nach dem wir schon so lange gesucht haben. Endlich wieder eine richtig bombastische Nummer aus erster Hand.«

»Aber …«

»Rühr dich nicht vom Fleck! Hast du gehört?«

*

»Geben Sie uns einen Moment«, verabschiedete sich Max von Annamirl Leidl-Berggump und ihrem Sohn. Fäustl hielt ihm die Tür auf und beide traten auf den Gang.

»Also«, begann Fäustl, »ich hatte gerade die Bayernhomecura dran. Sind total erschüttert von dem Ganzen. Sie schicken mir die Verträge und den Personalbogen von Aneta Mazur. Angeblich haben die mit den Pflegerinnen nicht viel zu tun. Sie sind nur als Vermittler tätig, sagen sie. Zum Privatleben können sie keine Angaben machen. Was meinst du, dass hinter dem Mord stecken könnte?«

Hinter Max' Schläfen begann es zu pochen. »Fritz, ich bin echt ratlos. Mein Instinkt meldet sich nicht. Was sagt deiner?«

»Raubmord schließe ich aus.«

»Dito, Fritz. Aber bisher sehe ich in der näheren Umgebung einfach kein Motiv. Die kannten die Pflegerin doch alle kaum.«

»Korrektestens, Kramer.«

»Das bringt mich zur nächsten Frage: Was übersehen wir?«

»Genau das.«

»Wie meinst?« Max fuhr sich durch seine Haare.

»Dass eben auffällig keiner ein Motiv hat, ist das Motiv. Ich verwette meinen Arsch, dass bald der Knoten platzt. Solche Fälle kenne ich schon.«

»Nächste Schritte?«

»Schick die zwei erst mal heim. Wir diskutieren alles im Team. Das wird heute wieder länger dauern und ...« Mit einem lauten Klatschen schlug sich Fäustl auf seine Stirn. »Was mach ma' wegen heut Abend?«

»Absagen!«

»Dann hab ich zu Hause die Hölle auf Erden mit der Evi. Wir müssen zumindest kurz hin. Wenn wir dann gerufen werden, ist es kein Problem abzuhauen, aber komplett auf das Essen verzichten. Oh Mann, dann ist ein sibirisches Straflager ein Erholungsort für mich.«

»Wir sagen dem Team, dass wir um sechs oder sieben eine kurze Pause machen oder noch mal zum Tatort müssen. Später sind wir dann wieder im Büro.«

In Fäustls Gesicht machte sich Erleichterung breit.

*

Es war laut im Marco Antonio, obwohl es eben erst sechs geschlagen hatte. An den Adventssonntagen gingen die Menschen früher zum Abendessen als in der übrigen Zeit des Jahres. Max konnte rasch die Aufmerksamkeit eines Kellners erregen, der ihn offensichtlich kannte, da er ihn sofort mit »Commissario« ansprach, und im Nu hatte die Gruppe einen Tisch mit drei Stühlen weiter hinten im Lokal ergattert. Sie warteten kurz, und der Kellner brachte einen weiteren Stuhl und die Speisekarten. Max stellte ihn als Fabio vor und erklärte, dass er bis vor Kurzem bei seinen Eltern im Hotel zur Post gearbeitet hatte. Fabio klopfte ihm vertraut auf die Schulter.

»Max und ich sind eh, wie sagt man noch gleich, Partners in Crime.« Dabei sah er Vevi an und kniff ein Auge zu. Auch für sie war es immer noch neu, mit Max in der Öffentlichkeit ohne Habit unterwegs zu sein. Mit dem Ausspruch spielte Fabio vermutlich auf die zurückliegenden Treffen der beiden im Hotel an, die zwar vollkommen harmlos gewesen waren, aber trotzdem vor der klösterlichen Gemeinschaft verborgen bleiben mussten. Max' Mutter hatte sich für diese Fälle als vertrauensvolle Komplizin entpuppt. Schließlich durfte Vevi, damals noch Novizin Maria Evita, nicht einfach das Kloster verlassen, um irgendwo ein Schnitzel zu essen. Schon gar nicht in Begleitung eines Mannes.

Das Marco Antonio war Altöttings In-Italiener. Man aß anständig, war Teil der regionalen Hautevolee und traf immer auf Bekannte, mit denen man über andere Bekannte sprechen konnte. Touristen verirrten sich selten in diese heilg'en Hallen.

Der Geräuschpegel im Lokal war so hoch, dass die vier die Köpfe eng zusammenstecken mussten, um einander zu verstehen. Max sah sich um und hatte das merkwürdige Gefühl, dass ihm hier, ob Sommer oder Winter, immer dieselben Menschen begegneten. Da drüben saß eine lärmende Gruppe älterer Männer, allesamt Mitglieder des ansässigen Lions Club, zu der auch sein

Vater gehörte, und an der Bar einige blonde Arztgattinnen mittleren Alters, die vor ihrer Eheschließung Krankenschwestern gewesen waren. Das Marco Antonio hatte sein Stammpublikum, das sein Reich hier markiert hatte und verteidigte. Neuankömmlinge wurden skeptisch beäugt und erst in die illustre Gesellschaft aufgenommen, wenn der Kellner sie mit Namen kannte oder sie einen der anderen Stammgäste mit Bussi links und Bussi rechts begrüßen konnten. Im Hintergrund tobten die besten Hits von Al Bano und Romina Power, und bei »Felicita« sang Fabio grundsätzlich mit, während er die Teller zu den Tischen balancierte.

Evi Hauenstein schien jede Sekunde zu genießen, denn für sie war es der erste Besuch. Und dass Fritz sie ausgerechnet in das bekannteste Lokal der Gegend führte, war das wahre Tüpfelchen auf dem i.

»Allmächd na is des subber! Ich hab ja allerweil scho do hie g'wolld. Maria Eviddaa, warsd du scho oft da?«

Maria Evita verneinte. Sie hatten sich darauf geeinigt, dass Evi ihren Namen behalten sollte, wenn sie zu viert unterwegs waren, und Maria Evita nicht mit »Vevi« angesprochen wurde. Max und Fäustl hatten öfters nach dem dritten Glas Wein Evi und Vevi durcheinandergewirbelt, was mehrmals zu Verwechslungen geführt hatte. Nun sollte dies durch den vollen Namen »Maria Evita«, der auch wirklich in ihrem Pass stand, vermieden werden.

Fäustl schnupperte und schien einen ganz spezifischen Geruch auszumachen. »Kalbshaxe, geschmort mit Oliven und Weißwein«, sinnierte er.

»Ich rieche Kürbis«, sagte Max. »Auf der Tafel habe ich Risotto con zucca entdeckt.«

Maria Evita schüttelte lachend den Kopf. »Und ich riech nur Fisch.«

Evi lehnte sich an Fäustl. »Wos ihr ned alles riechd. Dou seids ihr ja richtige Drüffel-Suggerla.«

Fabio, der in der Nähe stand, hatte nur das Wort »Trüffel« in Evis Fränkischem Kauderwelsch ausmachen können. »Verzeihung, Signora, heute haben wir ausnahmsweise keinen Trüffel.«

»Nein, ich habe gemeint, dass die Männer hier richtige Trüffelschweinchen sind«, entgegnete Evi in formvollendetem Hochdeutsch. Max, Maria Evita und Fäustl hoben gleichzeitig erstaunt den Kopf.

»Evi, ich hab von dir noch nie was anderes außer Fränkisch vernommen«, sagte Fäustl.

»Normalerweis brauch ich des aa ned. Aber es is nedd schlecht, wenn mas ausbaggn ko. Ned wahr?«

»Wollen wir als Vorspeis' so Calamari zum Teilen b'stelln? Mir is eine ganze Portion zu viel«, sagte Maria Evita mit einem Blick in die Speisekarte.

»Eine Portion Fritto Misto klingt ned schlecht«, schloss sich Fäustl an und winkte Fabio zu sich.

Evi strahlte übers ganze Gesicht. »Friddo Misdo nennt sich des also. Calamarii Dindnfisch mooch i am liebsdn mit so anner Remouladnsooßn, dou kännerd i mich neilegen, wenn die aufm Büffed stehen im Urlaub.«

Maria Evita hatte nur die Hälfte verstanden. Gerade so viel, dass Evi gerne Calamari im Urlaub mochte. Sie lächelte breit, und Max legte ihr beruhigend seine Hand aufs Knie. Sein Kopf näherte sich ihrem Ohr. »Ich versteh auch nicht alles. Fränkisch ist nicht mein Spezialgebiet.«

»Wasser mit Sprudel, eine Flasche Lugana und als Vorspeise Fritto Misto«, gab Fäustl die Bestellung auf. »Wegen Hauptgang überlegen wir noch.«

Jeden Punkt hatte Fabio wiederholt und auf einem kleinen Block notiert, dann verschwand er umgehend im hektischen Treiben des Lokals.

»Bin ja schon froh, dass des hi'g'haut hadd heid. Normalerweise is da Fritz die halbe Nacht noch am Werken, wenn dem Team wieder a Leich vor die Fäiß fällt.«

Maria Evita hatte bereits von Max vernommen, dass sie an diesem Tag wieder in einem Altöttinger Mordfall ermitteln mussten. Sie hatten aber keine Details ausgetauscht, da Max wieder mehr auf die berufliche Schweigepflicht achten wollte, die er in ihrem Beisein schon oft missachtet hatte.

»Scho krass des mit da Leidl-Berggump«, sagte Evi Hauenstein, und Maria Evita wurde sofort hellhörig.

»Die ist hin?«

Max rollte genervt mit den Augen. »Nein! Mann, Evi. Schweigepflicht!«

Evi wirkte binnen einer Millisekunde wie ein Häufchen Elend. »Des tut mir etzerd leid.«

»Was ist denn mit der Leidl-Berggump?«, fragte Maria Evita eine Spur lauter.

Max lehnte sich zu ihr hinüber und formte leise, aber deutlich jedes seiner Wörter, damit es nur die am Tisch Anwesenden verstehen konnten: »Also ich sag dazu jetzt nur noch einen Satz, und dann wird dieses Thema heute nicht mehr erwähnt. Ihr fehlt nix, aber es ist was in ihrem Haus passiert.«

»Die hat mir heute Früh im Laden meiner Tante noch einen Nussknacker abgekauft.«

Max war wie elektrisiert, und er dachte an das Mordwerkzeug auf den Bildern, die ihm die Spurensicherung geschickt hatte. »Was? Sag das noch mal!«

»Sie hat mir einen Nussknacker abgekauft, ungefähr um halb neun.«

»So einen?« Mit dem Finger scrollte Max durch die Bilder auf seinem Display, stoppte, als er gefunden, wonach er gesucht hatte, und hielt das betreffende Foto Maria Evita entgegen.

Die grausame Szenerie schien sie nicht weiter aufzuregen. »Also wenn man sich das Blut wegdenkt, dann könnte es der schon gewesen sein.«

Fäustl sprang auf. »Wir müssen weg!«

Max zuckte mit den Schultern und sah Maria Evita und Evi entschuldigend an. »Hilft nix! Das Essen holen wir nach.« Kaum dass er das ausgesprochen hatte, standen er und Fäustl bereits am Ausgang.

Verdutzt winkten Maria Evita und Evi ihren beiden Begleitern nach. »Dann machen wir eben einen Mädelsabend«, zwinkerte Maria Evita. Gegen den sogenannten »Job-Joker« konnten beide nichts ausrichten, das wussten sie. Kriminaler waren immer im Dienst. Jederzeit konnten ihre Freizeitpläne durchkreuzt werden. Fabio balancierte eine silberne Platte mit dem bestellten Fritto Misto zu ihrem Tisch. »Buon appetito!«

Angewidert verzog Evi das Gesicht. »Des sinn aba keine Calamarii!«

Maria Evita verstand nicht, was sie meinte. »Wieso?«

»Die sinn no ganz. Die Viecha mit de Fiasle dro. Des ess i nedd! Da vageht ma gleich da Appedidd.«

»Was? Ich hab dich leider nicht verstanden.«

»Da sind ja noch Füße dran. So Tentakel. Das sind ganze Tiere. Ich habe gemeint, dass wir gebackene Ringe bestellen.«

»Das tut mir leid. Die sind aber sehr knusprig, glaub mir.«

»Naaa, auf gar keinen Fall ess ich des! B'stell i ma eben Domade Modsarella.« Ihre Hand schnellte nach oben, und Sekunden später stand Fabio erneut neben ihr, hatte die bestellte Flasche Wein dabei und nahm Evis neuen Essenswunsch entgegen.

»Etzad mach ma so an richdigg schönen Mädelsabend!«

*

Im Laufschritt und atmend wie ein Walross, eilte Fräulein Schosi in der abendlichen Dunkelheit die Straße entlang. Ihre Handtasche klirrte bei jedem Schritt, denn vorsorglich hatte sie als Waffe gegen die herrschende Kälte ein paar kleine Schnapsfläschchen eingepackt. Während sie auf ihre Frauenbundkollegin und Vorsitzende Baronin Novotny neben sich einredete, zog diese an einer Zigarette und gemahnte Fräulein Schosi alle paar Meter, bitte etwas langsamer zu gehen.

»Und woran ist sie jetzt verstorben, Petronillchen? Herzschlag, Hirnschlag, Treppensturz? Du weißt doch mehr, als du zugibst.« Baronin Novotny hustete und ließ eine Wolke blauen Dunst in die eisige Abendluft entweichen.

»Des bleibt jetzt aber unter uns.« Fräulein Schosi hielt inne und blickte sich nach allen Seiten um, als könne jemand ihr Gespräch belauschen.

»Ehrenwort.« Baronin Novotny hob ihre Schwurfinger, um mit der anderen ihre Kippe wegzuschnippen.

»Annamirl ist ermordet worden. Ich war zufällig dabei, als es Kommissar Kramer bei der Nikolausfeier erfahren hat.«

»Nein.«

»Doch.« Fräulein Schosi nickte entschieden. »Ist das nicht schrecklich? Es gebietet der Anstand, ihrer Familie unser Beileid so schnell wie möglich auszusprechen und eine kleine Totenwache vor ihrem Haus abzuhalten. Des würd ich mir bei meinem Ableben auch wünschen.«

»Natürlich! Richtig so, gar keine Frage. Als du angerufen hast, hab ich gar nicht überlegen brauchen.« Sie zog einen Rosenkranz aus ihrer Manteltasche. »Ich habe noch zwei Teelichter auf die Schnelle eingepackt. Hast du jemanden anderen vom Frauenbund erreicht?«

Fräulein Schosi schüttelte den Kopf. »Ich hab nur dich angerufen, weil wir das mit dem Tod ned an die große Glocke hängen sollen, sagt der Kommissar.«

Die Baronin nickte verständig.

Fräulein Schosi drosselte ihr Tempo. »Den ganzen Tag bin ich schon am Überlegen, ob ich nicht zu Annamirls Familie gehen soll. Die brauchen jetzt Unterstützung, aber der Monsignore hat g'meint, dass er des für keine gute Idee hält. Aber mir lässt das keine Ruhe.«

»Eigentlich hätte der Monsignore das Totengebet leiten müssen, Petronillchen«, krächzte die Baronin.

»Der weiß gar ned, dass ich hier bin.«

Novotny hob ihre Augenbrauen. »Ach so. Na, dann machen wir das eben allein.« Mit ihrer belegten Raucherstimme begann sie ein paar Töne zu summen, die sich schnell in einen Sprechgesang ohne erkennbare Melodie wandelten. »Geht unser Erdentag zu End', schenk Leben, das kein Ende kennt.«

Die beiden Frauen näherten sich dem Haus der Berggumps. Um sie herum warfen Straßenlaternen ein diffuses Licht auf die Gehsteige, und in den Lichtkegeln sah man vereinzelte Schneeflocken tanzen. Das schmiedeeiserne Einfahrtstor stand offen, und ein Schild wies darauf hin, dass die Streben frisch gestrichen waren. Im ersten Stock brannte Licht. Baronin Novotny steuerte direkt auf die Haustür zu, doch Fräulein Schosi hielt sie zurück, öffnete ihre Handtasche und holte zwei kleine Schnäpse heraus. »Jetzt stoß ma erst mal auf die arme Annamirl an. So ein Schluckal hilft auch gegen die Kälte.«

Baronin Novotny nickte und schraubte den kleinen Verschluss ab. Die beiden Frauen prosteten sich zu. »Ruhe sanft und schlaf in Frieden, hab vielen Dank für deine Müh'…«

Nun stimmte auch Fräulein Schosi in den ihr bekannten Spruch ein: »Wenn du auch bist von uns geschieden, in unseren Herzen stirbst du nie.«

Baronin Novotny hüstelte und reckte den Schnaps in die Höhe. »Ex und hopp!«

In weniger als einer Sekunde hatten beide Frauen die Flüssigkeit in sich hineingekippt. Die Baronin schüttelte sich. »So ein Klarer ist gut für Seele und Körper. Ist ja nicht gerade warm heute.«

Fräulein Schosi kramte wieder in ihrer Handtasche und hielt sofort zwei neue Fläschchen in Händen. »Ich hab tatsächlich zwei klare Gebirgsenzian dabei. Ansonsten nur noch Pfefferminzlikör.«

»Auf Annamirlchen!«, sagte Baronin Novotny, nahm Fräulein Schosi das Fläschchen aus der Hand und leerte es in einem Zug. »Ich würde jetzt auch so 'nen Pfeffi versuchen.«

»Kommt sofort.« Das Anstoßspiel wiederholte sich.

Ruckartig drehte sich Baronin Novotny, stolperte fast und ging, nachdem sie das Gleichgewicht wiedergefunden hatte, auf die Haustüre zu. Fräulein Schosi folgte ihr in ein paar Metern Entfernung. Kurz vor dem Eingang blieben beide stehen.

»Erst Kondolieren und dann Gebet oder andersrum?« Baronin Novotny sah Fräulein Schosi fragend an.

»Wie meinst du?«

»Ist ja egal, Petronillchen.« Die Baronin ließ ihre Hand in den Mantel gleiten und holte ein Teelicht, ein Feuerzeug, den Rosenkranz und eine Packung Roth-Händle aus der Seitentasche. Sie fingerte nach einer Zigarette, zündete diese und anschließend den Kerzendocht an, während sie sich in einer akrobatischen Leistung gleichzeitig den Rosenkranz um ihre Finger schlang. »Dann woll ma mal.« Sie räusperte sich, und Fräulein Schosi faltete ihre Hände. »Gegrüßet seist du, Maria, voll der Gnade, der Herr ist mit dir. Du bist gebenedeit unter den Frauen, und gebenedeit ist die Frucht deines Leibes, Jesus, der von den Toten auferstanden ist. Heilige Maria, Mutter Gottes, bitte für uns Sünder jetzt und in der Stunde unseres Todes. Amen.« Beide Frauen murmelten das Gebet vor sich hin, bis plötzlich Baronin Novotny mit einem Schluckauf kämpfte.

»Was is?«, fragte Fräulein Schosi erschrocken.

»Nichts, Petronillchen. Ich glaub, ich brauche noch ein Schnäpschen, sonst entspannt sich mein Zwerchfell bei der Kälte nicht mehr.«

Plötzlich klingelte das Handy der Baronin. Sie griff in ihre Mantelinnentasche, und als sie den Namen auf dem Display las, machte sie große Augen. Sie hielt es Fräulein Schosi entgegen, der heiß und kalt gleichzeitig wurde. Eine Weile herrschte Schweigen. Die Stille wurde nur durch das regelmäßige Klingeln unterbrochen. Stirnrunzelnd betrachteten sie den Namen »Annamirl Leidl-Berggump« auf dem Display. Mit zitternden Händen nahm Baronin Novotny das Gespräch entgegen und drückte das Lautsprechersymbol, damit Fräulein Schosi jedes Wort mitbekommen sollte.

»Woher rufst du an, Annamirlchen?«

»Ja, von oben! Ich beobachte euch.«

Fräulein Schosi hatte Angst, das Gleichgewicht zu verlieren. »Annamirl, hier ist die Petronilla. Geht's dir denn gut da oben?«

»Was macht ihr da unten?«

Baronin Novotny versuchte, eine Erklärung für dieses übernatürliche Ereignis zu finden, aber ihr fiel absolut nichts ein, wie dieses Gespräch aus dem Jenseits gerade zustande kam. »Uns geht's so weit ganz gut, auch wenn der Verlust schmerzt. Mach dir bitte wegen uns keine Sorgen. Wir kommen schon klar ohne dich.«

»Was macht ihr vor meinem Haus?«

»Wir, wir, wir …«, stotterte Fräulein Schosi. »Wir beten für dich.«

»Für mich? Moment, ich komm mal runter. Ich kann g'rade echt keine Ruhe finden.«

Beide Frauen waren zu Salzsäulen erstarrt. Vorher hatten sie noch Mühe gehabt, sich auf den Beinen zu halten, und nun waren sie mit einem Schlag wieder nüchtern.

»Petronillchen, hast du das gerade gehört?«

»Ja. Sie kann keine Ruhe finden! Die will uns erscheinen.« Beide Hände schnellten vor Fräulein Schosis Gesicht. »Was machen wir jetzt?«

Ihr Dialog wurde durch ein unangenehmes Quietschen unterbrochen. Es klang, als hätte jemand vergessen, ein Scharnier zu ölen, und langsam öffnete sich die Haustüre der Berggumps. Die Hausherrin trug ein beigefarbenes Lodenkostüm und starrte die beiden Frauen vor ihrem Eingang ungläubig an.

»Heilige Maria Mutter Gottes!«, schrie Fräulein Schosi, bekreuzigte sich mehrmals und nahm ihre Beine in die Hand, als wolle sie einen Sprint bei den Olympischen Spielen gewinnen. Die beiden zurückgebliebenen Damen hörten noch ein paar Fetzen von undefinierbaren Beschwörungsformeln, die Fräulein Schosi dem nächtlichen Himmel entgegenblaffte, dann war sie vom Grundstück verschwunden.

Baronin Novotny und Annamirl Leidl-Berggump sahen einander fassungslos in die Augen.

»Ich dachte, du wärst tot, Annamirlchen.«

»Nein, unsere polnische Pflegerin hat's erwischt. Ich bin gerade am Packen. Keine Sekunde länger als nötig halte ich das hier aus. Wer weiß, vielleicht kommt der Täter zurück! Ich warte nur noch auf meinen Mann, dass er sich diese Nacht selbst um seine Mutter kümmert, und dann ziehe ich ins Hotel zur Post. Die wissen schon, dass ich noch komme.«

»Jetzt bin ich aber erleichtert, Annamirlchen. Das hat mir einen gehörigen Schrecken eingejagt. Petronillchen hat was davon gefaselt, dass du von uns gegangen bist. Mord, meinte sie. Die Gute hat es auch echt mit den Nerven. Mannomann!« Baronin Novotny steckte sich wieder eine Zigarette an, inhalierte tief und ließ den Rauch mit einem entspannenden Seufzer wieder entgleiten. »Wenn das so weitergeht, landet die bald in der Bezirksklinik.«

Ein BMW bog in diesem Moment in die Berggump'sche Einfahrt. Wenige Meter vor Annamirl Leidl-Berggump und Baronin Novotny kam er zum Stehen.

»Das ist ja der Kommissar«, sagte Baronin Novotny, als das Licht der Hofeinfahrt den Wageninnenraum erhellte und sie den Lenker erkannt hatte. Sie nahm einen weiteren Zug von ihrer Zigarette und versuchte auszumachen, wer sich noch im Fahrzeug befand. Ein stämmiger Mann saß auf dem Beifahrersitz, den sie auf den zweiten Blick als Polizeihauptmeister identifizierte. Fäustl mit Namen, wenn sie sich nicht irrte. Die beiden Männer stiegen aus. Sie nickten zur Begrüßung.

»Können wir kurz reingehen, Frau Leidl-Berggump?«

V. DANN LOHNT'S EUCH NIKOLAUS IM SCHLAF

Das Frotteehandtuch roch kaum noch nach seinem Lieblingswaschmittel, dafür mehr nach Badheizkörper. Das sagte Max, dass es dringend in die Wäsche gehörte. Seitdem Vevi ihn öfter besuchte, legte er wieder vermehrt Wert auf Ordnung. Davor sah es in seiner Mühldorfer Wohnung aus wie in einer typischen Junggesellenbude. Abwasch stapelte sich oft Tage, wie auch das Altpapier und seine Pfandflaschen. Max hatte gerade seine Morgendusche beendet und war dabei, sich abzutrocknen, als sein Handy auf der Ablage neben der Zahnpastatube klingelte. Einen Moment lang hoffte er, dass es Vevi war, die ihn so früh anrief, aber dann sah er den Namen seines Chefs Veit Kunfter auf dem Display blinken. Um Viertel nach sechs Uhr morgens war er noch nicht bereit für ein Gespräch mit ihm. Er würde ihm eh gleich auf der Kriminalpolizeistation begegnen. Es gab also nichts, was nicht noch eine Stunde warten konnte. Wäre es das Büro gewesen, hätte er, ohne zu zögern, auf Annehmen gedrückt. Solche Anrufe bedeuteten meist eine weitere Leiche, aber sein Chef zu unchristlicher Zeit verhieß nur Ärger. Der Anruf wurde zur Mobilbox weitergeleitet, und Max griff zur Dose mit dem Rasierschaum. Während er sich einseifte und beim Blick in den Spiegel feststellte, dass seine Stirnfalten immer tiefer wurden, dachte er zurück an seine Träume von letzter Nacht und versuchte sich krampfhaft daran zu erinnern. Zuerst hatte er von einem überdimensionierten Jutesack geträumt, der ihn verschluckt hatte. Dann von Fräulein Schosi, die als Krampus verkleidet für ihn einen Kuchen in Form eines Nussknackers gebacken hatte. Dieses Motiv war ihm noch öfter erschienen. Fäustl und seine Vermutung, dass Annamirl Leidl-Berggump das Tatwerkzeug selbst gekauft hatte, war falsch. Sie hatte es als Mitbringsel für ihre Freundin Frau Pala erstanden, was diese noch am späten Abend bestätigt hatte. Das Tatwerkzeug stammte aus dem Berggump'schen Haushalt und wurde nur zu Weihnachten aufgestellt. Immer am selben Platz im ersten Stock neben der Treppe. Jedes Einzelteil der Weihnachtsdeko wurde alle Jahre wieder bei den Berggumps genau so drapiert wie in den Jahren davor. Annamirl Leidl-Berggump hatte damals, als ihr Sohn noch klein war und die Deko immer wieder weggetragen oder damit gespielt hatte, extra einen Schmückplan geschrieben, an den sie sich penibel hielt. Beziehungsweise dessen Einhaltung sie bei ihren Angestellten und Helfern überwachte. So konnten sie, als Ermittler, nachvollziehen, dass der Täter in den ersten Stock gegangen war, dort nach dem Tatwerkzeug gegriffen und dann zielgerichtet im Vorzimmer zugeschlagen hatte. Und genau dieses Wort spukte jetzt in Max' Kopf herum: zielgerichtet, also geplant. Dass es eigentlich die Hausherrin treffen sollte, war eine Möglichkeit, aber daran glaubte Max nicht wirklich. In dem Haus lebten fünf Menschen. Vier davon waren verwandt und eine Person wechselte alle vierzehn Tage. Just diese mit keinerlei Verbindung zur Familie war zum Opfer geworden. Seltsam!

So, noch zweimal mit der Rasierklinge über die rechte Backe und der Tag konnte beginnen. Seine Finger griffen nach dem kleinen Handtuch, welches er sich zurechtgelegt hatte. Er hielt den Stoff unter das warme Wasser und rieb sich damit das Gesicht ab, bis alle Seifenreste verschwunden waren. Ein frischer Duft von Damenparfum stieg ihm in die Nase, und er wusste sofort, dass Vevi den Stoff in den Fingern gehabt haben musste. Unweigerlich begann er zu lächeln. So beschwingt hatte er auch nichts mehr dagegen einzuwenden, seinen Chef schon zu dieser Tageszeit zurückzurufen.

»Wo waren Sie denn vorher, Kramer?«, blaffte er ihm entgegen.

»Im Bad!« Das »B« klang wie eine kleine Explosion auf Max' Lippen, und seine gute Stimmung war wieder im Keller. Veit Kunfter wusste einfach nicht, wie man sympathisch auf andere Menschen wirkte, weder bei einem Zusammentreffen noch am Telefon. Vermutlich wollte er das gar nicht.

»Also hören Sie mal zu, Kramer! Hier geht jetzt alles drunter und drüber. Das Opfer von gestern ist keine Pflegerin.«

»Nein?«

»Nein, Kramer! Sie arbeitet als Investigativjournalistin, und als solche war sie auch bei diesen Berggumps tätig.«

»Wussten die etwa davon?«

»Fragen Sie die doch! Die Redaktion, die sich bei uns gemeldet hat, hat gesagt, sie wäre *undercover* dort gewesen. Das Magazin, für das sie ihre Recherchen angestellt hat, ist auf dem Weg zu uns. Also schwingen Sie mal Ihren Hintern her.«

»Wir treffen uns eh um acht.«

»Falsch! Wir treffen uns jetzt!«

»Okay, Chef. Wann haben die denn angerufen?«

»Um Punkt sechs Uhr ist der erste Anruf eingegangen. Typisch Journalisten. Die wissen, wie man Wirbel macht. Allerdings haben sie schon so 'nen Kuhhandel durchblicken lassen.«

»Und auf was wollen die hinaus?«

»Das erklär ich dann live.«

*

Monsignore Hirlinger war bereits um fünf aufgewacht. Er genoss es, in aller Ruhe in seinem Bett zu liegen, während draußen der Winter die ersten Flocken auf die Erde sandte. Leicht und luftig fielen sie im Dunkeln herab, während die Straßenlampe vor seinem Haus das Schauspiel beleuchtete. Ein leichter Wind blies und erinnerte ihn an seinen letzten Urlaub, den er ohne seine Haushälterin an der Ostsee verbracht hatte. Er schaffte es, die Ruhe wiederzufinden, die er in diesen Tagen weit weg von Fräulein Schosi empfunden hatte. Er lag nur da. Lauschte, ohne zu denken. Ein wunderbares Gefühl.

Kurz nach sechs erhob er sich, schlüpfte in seinen Morgenmantel, knipste in der gesamten Wohnung das Licht an und ging ins Bad. Es war Sonntag. Als emeritierter Stadtpfarrer hatte er keine Verpflichtungen an diesem siebten Dezember. Alle anderen Priester der Wallfahrtsstadt und ihrer Umgebung erfreuten sich bester Gesundheit. Er musste nirgends einspringen und würde um zehn den Gottesdienst in der Gnadenkapelle besuchen, dann im Hotel zur Post ein Weißwurstfrühstück bestellen. Was für eine wohltuende Ruhe. Heute ließ er den Herrgott einen guten Mann sein. Nichts konnte ihn aus der Ruhe bringen. Das Wasser in der Dusche hatte fünfunddreißig Grad. So mochte er das.

Wie aufs Stichwort hörte er den Schlüssel im Schloss der Wohnungstür und er verschluckte sich. Das konnte nur Fräulein Schosi sein. Am Sonntag kam sie doch frühestens um acht zu ihm. Er vergewisserte sich, dass sein Zeitempfinden mit der Uhr unterhalb der Badezimmerarmaturen übereinstimmte. Kein Zweifel. Es war erst halb sieben. Was wollte sie? Er hörte ihre stampfenden Schritte, die nichts Gutes verhießen. Alles andere übertönte die Dusche. Seine Haushälterin hatte noch nicht »Guten Morgen« gesagt. Hirlinger drehte das Wasser ab, griff zu einem Handtuch und lauschte, ob Fräulein Schosi irgendetwas von sich gab, von dem er auf ihren Gemütszustand schließen konnte. Meistens sang sie bei der Arbeit, was sowohl für ihn als auch für die

Nachbarn eine schwere Geduldsprüfung darstellte. Hirlinger identifizierte die Geräusche, die zu ihm ins Bad drangen, als die Inbetriebnahme der Kaffeemaschine und das Klirren der Besteckschublade. Anscheinend richtete Fräulein Schosi das Frühstück. Warum an diesem siebten Dezember so früh? Er hatte ein Recht auf Ruhe und Schosi-freie Zeit. Für einen kurzen Moment schloss Hirlinger seine Augen, um innerlich bis fünfzig zu zählen. Diese mantrischen Zahlenreihen halfen ihm, das Leben mit Fräulein Schosi nicht durch einen Lustmord zu krönen. Nach einem kurzen Stoßgebet zog er sich an und traute sich in seine Küche.

Fräulein Schosi hatte ein Sammelsurium von angebrochenen Schnapsflaschen auf seinen Küchentisch gestellt. Grüne mit Pfefferminzaroma und braune Kräuter- sowie Klosterliköre. Sie schenkte Hirlinger einen kurzen Blick, sagte aber kein Wort, ging zum Küchenschrank, reckte sich und zog aus dem oberen rechten Fach eine noch nicht geöffnete Flasche Pfefferminzlikör heraus.

Ungläubig beobachtete Hirlinger seine Haushälterin. Er rieb sich die Augen. »Was machen Sie denn da?«

»Das ganze Zeug kommt weg!«

»Beginnen Sie eine neue Diät?«

»Das hat alles der Teufel g'sehn. Nie wieder werde ich auch nur einen Schluck anrühren. Das verspreche ich hoch und feierlich. Sie und die heilige Jungfrau Maria sind meine Zeugen.«

Misstrauisch kniff der Monsignore ein Auge zu. An dieses Versprechen seiner Haushälterin konnte er keinesfalls glauben. Für diesen schwachen Vorsatz auch noch die heilige Jungfrau zu bemühen, hielt er für unangebracht. »Sie wollen also Ihren Führerschein zurück?«

»Nein, das hat damit rein gar nix zu tun.«

»Nicht?« Hirlinger klang enttäuscht, denn die andauernden Taxifahrten fand er erstens umständlich, und zweitens gingen sie mit der Zeit ins Geld.

»Monsignore, ich hab da drüber noch gar ned richtig nachgedacht.«

»Was hat dann Ihren Sinneswandel bewogen?«

»Annamirl ist wieder auferstanden.«

»Bitte?« Der Monsignore zog einen Stuhl unter dem Küchentisch hervor. Fräulein Schosi war allem Anschein nach verrückt geworden.

»Also nicht wirklich. Also ich hab mir das gedacht. Also das war eine Verkettung komischer Zufälle.« Detail- und gestenreich setzte sie Hirlinger von der Erscheinung am gestrigen Abend in Kenntnis. »Dann ist die Novotny noch bei mir vorbeigekommen und hat ans Fenster geklopft. Die hat mir dann erzählt, dass die Annamirl tatsächlich noch lebt und es bloß eine von den polnischen Pflegerinnen dawischt hat.«

»Ich hab gestern in der Nacht noch was bei Ihnen klopfen gehört. Gut, da hab ich mich nicht getäuscht. Ich dachte nämlich schon an eine Sinnestäuschung.«

Fräulein Schosi nickte. »Und die Novotny und ich sind uns einig, dass wenn wir die Schnapsal wegen der Kälte bei der Totenwache nicht getrunken hätten, die ganze Geschichte ned passiert wäre. Ich hab mich ja fast nass g'macht vor Angst. Wie ich auf ihr Haus zugerannt bin, hab ich meine Blase so fest zammdrücken müssen wie noch gar nie in meinem Leben.«

Hirlinger verzog sein Gesicht. Diese Erzählung geriet dann doch etwas zu detailreich.

»Alkohol ist das giftigste Gift überhaupts.«

Hatte er das gerade richtig verstanden? Seit Jahren predigte seine Haushälterin das Gegenteil und war nicht müde geworden, die heilenden Ingredienzien in ihren Lieblingslikören anzupreisen. Diese »Schluckal« zählte Fräulein Schosi nämlich nicht zu den Spirituosen, sondern zu den Arzneien, die gern täglich genossen werden durften.

»Wissen Sie, Monsignore, wie viele Menschen jedes Jahr in Deutschland am Alkoholismus jämmerlich zugrunde gehen?«

Hirlinger zuckte mit den Schultern.

»Um die vierundsiebzigtausend. Des is doch krass.«

»Woher wissen Sie das denn, Fräulein Schosi?«

»Aus der Apotheken-Zeitung. Ich hab mich erinnert, dass in der vorletzten Ausgabe was über Alkohol und seine Auswirkungen gestanden ist. Vorher hab ich ins Altpapier geschaut, und tatsächlich war die noch in der Garage.« Fräulein Schosi griff nach einem bunten Magazin auf dem Küchentisch, das Hirlinger bisher nicht aufgefallen war, und wedelte damit triumphal in der Luft. »›Das gute und das schlechte Flüssige‹ heißt der Artikel. Und das gute ist vor allem reines Wasser, Tee und Gemüsesäfte. Die verlängern das Leben. Mir ist jetzt einiges klar geworden. Gestern Abend wurden mir die Augen geöffnet. Erstens: Ich werde nie wieder einen Tropfen anrühren. Auch keine Schnapspralinen. Zweitens: In diesem Haus wird nie wieder Alkohol getrunken.«

So energisch, wie Fräulein Schosi ihre Worte ihm entgegenschleuderte, war Hirlinger klar, dass damit auch sein Feierabendbier gemeint war.

»Drittens, des is mir eben in den Sinn gekommen. Mit dem Führerschein haben Sie vermutlich recht. Ich werde versuchen, ihn zurückzubekommen. Dann heißt es halt für mich, in den sauren Apfel zu beißen und mir alle vier Wochen die Haare abschneiden zu lassen.« Sie seufzte. »Sonst darf ich ja ned zum Deppaltest.«

Innerlich schrie Hirlinger »Halleluja« und dankte Gott, dass es auch bei seiner Haushälterin noch Zeichen und Wunder gab.

»Und viertens: Bis Weihnachten machen wir beide eine Saftkur zur innerlichen Reinigung. Ich hab uns schon des Glaubersalz unten in meinem Bad rausgestellt. Des nehmen wir nachher.«

Hirlinger schloss seine Augen, und die eben gefühlte Hochstimmung wich einer schlimmen Befürchtung: »Man soll den Tag eben doch nicht vor dem Abend loben.«

*

Max hatte sich in seinen Stuhl zurückgelehnt, spielte mit einem Stift und beobachtete, wie Fäustl und der Rest des Teams zur morgendlichen Sonntagsbesprechung eintrudelten. Die Gesichter der Kollegen waren ernst, und Max sah den Zurückbeorderten an, dass sie sich um ihr Wochenende betrogen fühlten. Ein Pappbecher mit vier Espressi, den er sich an der Tanke unterwegs geholt hatte, stand vor ihm. Ohne diese Koffeinüberdosis sah er nicht die geringste Chance, in die Gänge zu kommen und seinen Chef zu ertragen. Er war gespannt, ob Fäustl auch schon über die Neuigkeit Bescheid wusste. Max überkam wieder ein ungläubiges Kopfschütteln – das Opfer war eine Investigativjournalistin. Eine Zusammenarbeit mit der Presse, wie sie sich jetzt ankündigte, war oft wie ein Tanz auf dem Vulkan.

Durch die Jalousien des Besprechungsraums in der Kriminalpolizeistation fielen die ersten spärlichen Lichtstrahlen der morgendlichen Dämmerung. Obwohl er am gestrigen Abend hundemüde in sein Bett gekippt war und nur mit Mühe seine Hose noch hatte ausziehen können, hatte Max kaum geschlafen. So sehr war er damit beschäftigt gewesen, die einzelnen Puzzleteilchen des Falles Aneta Mazur zusammenzufügen. Dieser Mord wurde von Augenblick zu Augenblick größer und größer. Dazu kam noch das, was er im Berggump'schen Haus gesehen hatte. Den Anblick der zerschundenen Leiche würde er so schnell nicht aus dem Kopf bekommen. Ein Blutchaos unter einem Haufen Stoff. Ja, das war das einzige passende Wort: Blutchaos. Und jetzt auch noch diese unerwartete Wendung. Die Pflegerin, die keine war. Fast wie der Titel eines Kriminalromans.

Fäustl quetschte sich neben ihn auf einen Stuhl. »Guten Morgen, Kramer. Na, des is mal ein Ding mit der Mazur. Da glaubst jahrelang, dass Altötting eine faade Stadt is, und dabei hast du dort die internationalen Journalisten sitzen, die undercover recherchieren.«

»Weißt du, von welchem Magazin die war?«

»Nope, des sagt uns sicher gleich der Kunfter.«

»Hat er dich auch angerufen?«

»Uns beide und die ganzen Abteilungsleiter. Des hat ihm sicher eine diebische Freude bereitet, allen am Wochenende Feuer unterm Hintern machen zu können.«

»Wenn man vom Teufel spricht ...« In diesem Moment betrat Veit Kunfter den Besprechungsraum. Sein Kopf war frisch rasiert, die Glatze spiegelte wie eine polierte Bowlingkugel. Er hatte sich, wie es aussah, extra chic gemacht. Krawatte und Anzug verliehen ihm Stil.

»Aus dem Ei gepellt«, raunte Max Fäustl zu, der daraufhin näher an ihn heranrückte, um ihm etwas ins Ohr zu flüstern.

»Sobald der das Wort ›Presse‹ hört, schreit er offiziell ›Mist‹ und denkt sich still und heimlich ›super‹. Der Kunfter ist doch geil auf jede Art von Publicity.«

Eine Kollegin, die dem Eingang am Nächsten saß, erhob sich und schloss die Türe, da Kunfter sie nicht zugezogen hatte. Der Besprechungstisch war voll besetzt. Zwölf Kollegen hatten sich versammelt. Die Abteilungsleiter der einzelnen Kommissariate und die gebildete Sonderkommission Aneta Mazur.

Kunfter stand am Kopfende, hatte beide Arme aufgestützt und ließ seinen Blick in die Runde gleiten. »Meine Damen, meine Herren, guten Morgen! Ich hoffe, Sie hatten gestern eine schöne Nikolausfeier. Leider konnte ich nicht teilnehmen, was ich nach Ihren Erzählungen sehr bereue, aber ich hatte einen Termin in München.« Er nahm Max ins Visier. »Unser geschätzter Kollege Kramer soll ja ein wahnsinniges Schauspieltalent sein. Hut ab! Dass ich Ihre Interpretation des heiligen Nikolauses verpasst habe, schmerzt mich ehrlich.«

Max stieg die Schamesröte ins Gesicht, lächelte aber tapfer seinen Kollegen zu.

»Und schon sind wir beim eigentlichen Thema.« Kunfter richtete sich auf und wies in einer schwungvollen Bewegung auf die Tafel hinter sich, an der ein ausgedrucktes Schwarz-Weiß-Foto einer jungen Frau befestigt war. »Auch ein großartiges Schauspieltalent: Aneta Mazur, zweiunddreißig Jahre alt. Gegenüber der Familie Berggump hat sie allerdings neunundzwanzig angegeben. Wie wir wissen, nicht das einzige Detail, bei dem die Dame kreativ war. Man könnte meinen, sie würde auch einen anderen Namen für ihre Recherchen wählen, aber Fehlanzeige. Keine Ahnung, warum. Bei der Bayernhomecura, wie sich die Agentur in Pfarrkirchen nennt, lag ihr Pass. Der ist nicht gefälscht und ist uns vorbeigebracht worden. Ihre Angehörigen in Polen werden, sobald sie gefunden sind, von den Kollegen vor Ort verständigt.«

Fäustl hob seine Hand, und Kunfter wurde auf ihn aufmerksam. »Ja, Polizeihauptmeister Fäustl, was gibt's?«

»Warum haben die ihren Pass? Ich hab mit der Bayernhomecura telefoniert, und da haben sie nichts dergleichen erwähnt.«

»Ich habe gestern Abend noch mal mit ihnen gesprochen, weil ich ihre Akte nicht bloß elektronisch haben wollte, sondern eins zu eins auf Papier. Fäustl, ich wollte das hier eigentlich nicht zum Thema machen, aber Sie müssen besser mitdenken. Durch Amtshilfe der Pfarrkirchner Kollegen sind wir jetzt bereits im Besitz ihrer Personalakte.«

Fäustl schluckte auffällig, und Max wusste, was sein Kollege in diesem Moment fühlte. Der Chef genoss solche Zurechtweisungen.

»Zurück zum Pass«, sagte Kunfter. »Sie mussten ihn noch kopieren für ihre Akten und den Nachweis der Arbeitserlaubnis, sagen die Leiter Herr … ähhh, und, Moment.« Der Chef blätterte durch ein paar Seiten, die in einem grünen Aktendeckel vor ihm lagen. »Moment … Das haben die Herren Roman Koschek und Arthur Winterstein angegeben. Beide äußerst kooperativ.«

Fäustl wurde ein paar Zentimeter größer. »Für mich klingt das mit dem Pass verdächtig. Kein seriöser Arbeitgeber behält diesen ein.«

Kunfter hob den Aktendeckel an und blinzelte nervös.

»Aneta Mazur war schon ein paarmal bei den Berggumps über die Bayernhomecura tätig«, fügte Fäustl an. »Sie hatten die letzten Wochen über genug Zeit, den Ausweis zu kopieren, wofür auch immer. Dass sich der jetzt noch bei denen im Büro befindet, ergibt für mich keinen Sinn. Da ist die Sache ned ganz rund!«

»Sind wir einfach mal froh, dass er hier ist«, fegte Kunfter seinen Einwand vom Tisch.

»Und …« Fäustl hob belehrend seinen Zeigefinger. »Sie ist in der Zwischenzeit laut ihrer Arbeitgeberin Frau Leidl-Berggump immer wieder zu ihrer Familie zurückgefahren. Dafür braucht sie doch ihren Pass. Für mich klingt das so, als würde die Bayernhomecura die Pässe ihres von ihnen vermittelten Pflegepersonals einbehalten. Jedes Mal, wenn sie hierher reisen. Mit so was kannst du dann schon Schindluder treiben.«

Beiläufig sah Kunfter auf seine Armbanduhr. Seine Glatze spiegelte mehr als noch zu Beginn ihrer Sitzung. Kunfter schwitzte. »Die Spurensicherung hat das Mobiltelefon von Frau Mazur sicherstellen können. Ich denke, dass die ersten Ergebnisse nicht mehr lange auf sich warten lassen.«

Über den ganzen Tisch verteilt lagen kleine Notizblöcke, die ein Kollege der Polizeigewerkschaft dort als Werbung verteilt hatte. »DPolG – Jetzt Mitglied werden« stand darauf. Max fuhr seinen Arm aus und zog einen dieser zu sich heran. Danach griff er in seine Jackeninnentaschen und holte einen Kugelschreiber hervor. »Bayernhomecura klingt nicht sauber«, schrieb er. »Betrug? Finanzamt? Sozialamt?«

Als Fäustl einen unauffälligen Blick auf Max' Gekritzel riskierte, nickte er mehrmals hintereinander.

*

Peter Heilker starrte auf die Windschutzscheibe seines Autos, auf der alle aufkommenden Flocken sofort schmolzen und auf der die Scheibenwischer ganze Arbeit leisten mussten. Ab und zu drehte er sie eine Stufe höher, wenn der Himmel sich entschieden hatte, eine neue Welle herunterzuschicken. Es war noch zu warm, dass der Schnee alles in ein Winterwunderland verwandelte, so blieben Häuser, Zäune und Bäume feucht und dunkel und auf der Straße lag grauer Matsch. Um kurz nach acht brannte in den Fenstern links und rechts der Straße vereinzelt Licht, da der bedeckte morgendliche Winterhimmel noch zu wenig Helligkeit durchließ, dass man schon darauf verzichten konnte.

»Hier ist es, Tino.« Peter fuhr langsam am Haus der Berggumps vorbei und sein Beifahrer streckte sich in seinem Sitz. In der Einfahrt standen eine große Limousine und ein Kleinwagen, ansonsten wirkte das Haus verlassen. »Wie gut hast du Aneta gekannt?«

»Kaum, sie ist mir über eine Berliner Presseagentur empfohlen worden.«

Wieder und wieder tauchte Anetas totes Gesicht vor Peter Heilker auf und brannte sich unangenehm in seine Netzhaut. Er wusste, dass ihn das Bild nie wieder verlassen würde. Ein Scheißprojekt von Anfang an, dachte er. Er fuhr halb auf den Gehsteig und stellte den Motor ab.

»Warum fahren wir nicht wieder zurück nach Mühldorf?« Sein Redakteur Tino sah ihn emotionslos an.

»Ich kann nicht mehr.«

»Ich bin der, der müde sein darf. Gestern noch mit dem Zug durch halb Deutschland. Heute in den frühen Morgenstunden dann aus München in die Pampa. Wenn jemand einen Grund zum Jammern hat, dann bin ich das. Was is los?«

»Mich nimmt die ganze Sache zu sehr mit. Ich bin nur dir zuliebe noch mal hierhergefahren. Am liebsten würde ich gar nicht nach Altötting zurückkehren. Gestern hab ich in dem Haus Anetas Leiche fotografiert.«

»Alter, das wird eine Hammerstory!«

Heilker schluckte. »Nein, das wird es nicht.«

»Ey, Peter, du reißt dich jetzt zusammen, wenn wir gleich bei den Kriminalern in Mühldorf auftauchen!« Tinos Hand klatschte auf die Verdeckung des Handschuhfachs. »Wir bieten denen einen Deal an. Exklusivität gegen das, was wir wissen. Und dann holen wir uns den Deutschen Journalistenpreis.«

»Ich kann das nicht.«

»Das hast du bereits gesagt. Willst etwa den Beruf aufgeben?«

Darauf hatte Peter keine Antwort parat. Darüber hatte er nicht nachgedacht, aber diese direkte Frage seines Redakteurs löste etwas in ihm aus. Er zögerte.

»Im Ernst jetzt?«, wurde Tino lauter.

»Vielleicht«, setzte Peter leise entgegen.

»Du bist vollkommen übergeschnappt. Benimm dich nicht wie eine fünfjährige Heulsuse! Wenn du meinst, dass du nicht mehr durchhältst, dann setz ich mich eben ans Steuer. Aber wir fahren jetzt zur Kriminalpolizei. Verstanden? Und hinterher schmeiße ich dich bei einem Arzt raus, damit er dir was gegen deine Stimmungsschwankungen verschreibt. Aber ich habe diese Story von Anfang an aufgebaut und begleitet. Gut, jetzt hat es eine kleine Veränderung gegeben, aber die wirft uns nicht aus der Bahn!«

*

Sie sah so friedlich aus in ihrem Bett, und wie viel sie nun wirklich mitbekommen hatte, stand in den Sternen. Nichts konnte ihre Ruhe stören, da war er sich sicher. Seine Mutter hatte die Augen geschlossen und schlief noch. Er legte ihre Handfläche in die seine und strich mit den Fingern seiner anderen Hand zärtlich über ihren Unterarm. Die Augenlider der alten Frau zuckten. Nun beugte er sich über seine Mutter, um ihr einen Kuss auf ihre hohe Stirn zu hauchen. Sie erwachte und ihre Blicke trafen sich sofort. Er lächelte sie an und fühlte trotzdem diesen bohrenden Schmerz, der sich immer einstellte, wenn er ihren jetzigen Zustand mit der lebensfrohen Frau verglich, die sie früher einmal gewesen war. Immerhin hatte sie ein besseres Leben als er. Herbert Berggump sehnte sich nach Geborgenheit, die er bei seiner Frau nicht fand. Hinter jeder kleinen Regung im Gesicht seiner Mutter vermutete er einen Vorwurf, dass er sie so allein ließ, dann schloss sie wieder ihre Augen.

In seinem Rücken hörte er Zacharias das Zimmer betreten. »Ich dachte, es gäbe professionelle Tatortreiniger«, sagte er und spielte damit auf die Blutlache an, die Anetas Tod im Vorzimmer hinterlassen hatte.

Herbert drehte sich seinem Sohn zu. »Ja. Keine Ahnung, wie das werden soll.« Seine Schultern hingen herab und er wirkte wie ein kraftloser Mann. »Wo ist deine Mama? Ihr Handy ist aus, und gestern Abend sind wir uns nicht mehr begegnet.«

»Im Hotel«, antwortete Zacharias knapp.

Es entstand eine längere Pause, die Herbert zunehmend unangenehmer wurde. Sein Sohn streifte ihn mit einem abschätzigen Blick.

»Ich weiß das von dir und Aneta. Und von den anderen Tussis. Ich weiß auch, dass du Bargeld in die Schweiz schaffst, und ich habe deine Kontoauszüge von dort gefunden und kopiert. Außerdem ist es nicht klug, über deine Bargeschäfte Buch zu führen.«

Für einen kurzen Moment war es Herbert so, als würde sich seine Mutter im Bett bemerkbar machen. Er sah zu ihr hinüber, aber sie lag nur unbeweglich mit geschlossenen Augen in ihrem Bett. Herberts Herz donnerte in seiner Brust. Da war er also, dieser Augenblick, in dem nach all den Jahren nicht mehr um den heißen Brei herumgeredet wurde. Seine Finger wurden kalt. Er hatte gehofft, dass es ihm besser gehen würde, wenn einmal die Wahrheit auf dem Tisch lag. Irgendwo in einem naiven Winkel seines Gehirns hatte Herbert gedacht, dass dieser Moment, vor dem er sich so gefürchtet hatte, auch etwas Gutes beinhalten würde. Im Moment hinterließ er nur einen fahlen Beigeschmack. »Weiß es deine Mutter auch?«

Zacharias schüttelte den Kopf. »Nein, zwischen Wissen und Ahnen liegt ein verdammt großer Unterschied! Sie und die Polizei müssen es auch nicht erfahren.«

Mit Gewalt presste Herbert seine Lippen aufeinander. Er wollte etwas sagen, konnte aber nicht. Stumm und völlig geschockt musterte er seinen Sohn vom Kopf bis zu den Zehen.

»Papa, du lässt mir ab jetzt meine Ruhe. Du hörst auf, mir in den Ohren zu liegen, wie man aus deiner Sicht ein Leben aufbaut.«

»Aber …« Der Krampf in Herberts Kiefergelenk hatte sich gelöst.

»Ich bin noch nicht fertig.« Zacharias ging zum Fenster und sprach weiter, ohne seinen Vater anzusehen. »Das Geld, das du mir jeden Monat überweist, verdreifachst du. Du wirst nie wieder einen Kommentar über meinen Lebensstil fallen lassen. Kapiert? Du hörst einfach ab jetzt auf, mir auf die Nerven zu gehen. Und außerdem wäre es schön, wenn du deine Geschäftsreisen weiter ausdehnen könntest. Mama kann deine Visage auch nicht mehr ertragen.«

»Du hast doch gesagt, dass sie nichts darüber weiß.«

»Tut sie auch nicht, also zumindest, was Aneta betrifft. Sieh einfach ein, dass ihr euch auseinandergelebt habt. Ich werde ihr jedenfalls nicht stecken, dass du mehrgleisig unterwegs bist.«

Zeitlupenartig nickte Herbert. Er hatte verstanden, dass sein Sohn am längeren Hebel saß.

*

In einem Mischmasch aus Englisch und Deutsch versuchte Fäustl den Dienstweg zwischen Polen und Deutschland zu verkürzen. Ein Dolmetscher war bereits bestellt, aber noch nicht eingetroffen. Sie oder er würde sich dann mit dem Mobiltelefon Aneta Mazurs beschäftigen, während Fäustl versuchte, auf dem kürzesten Weg an Informationen zu kommen. Er hatte sich mit der Polizei in Rzeszow verbinden lassen, die zurückriefen, nachdem ein Kollege die Verbindung bestätigt hatte. Die polnischen Kollegen waren genauso vorsichtig wie die deutsche Kriminalpolizei, wenn es um Auskünfte am Telefon ging.

»Nein, ist klar. Offizielle Anfrage und E-Mail, aber können … but can you look etwas up for me?«

Max saß ihm gegenüber in ihrem Büro und blätterte durch die Unterlagen, die ihm Veit Kunfter von den Leitern der Bayernhomecura überreicht hatte. Privates über Aneta war nicht zu finden. Nur eine Heimatadresse, die sich aber durch Google Street View bereits als unbewohnte Bruchbude herausgestellt hatte. Kontaktperson in Polen fehlte. Annamirl Leidl-Berggump hatte ausgesagt, dass Aneta von einer Mutter und einem Bruder gesprochen hatte. Vielleicht stimmte das ja.

»Herrschaftszeiten«, schimpfte Fäustl. »German. Do you speak German? No? Do you have someone, der German speakt? Warten. Ja, ich warte.«

Amüsiert blickte Max zu Fäustl hinüber. »Tut mir leid, aber ich find dich grad irgendwie unterhaltsam. Ts, ts, ts, deine grammatikalischen Neuschöpfungen sind der Hammer! Someone, der German speakt.« Max lachte laut auf.

»Mach's halt besser«, schimpfte Fäustl.

Abwehrend hob Max die Hände von der Schreibtischplatte. »Nein, nein, ich bin ganz froh, dass ich mein Englisch heute Morgen nicht auspacken muss.«

Fäustl hatte anscheinend jemand Neues in der Leitung. »Ah ja. Hello, this is Polizeihauptmeister Fritz Fäustl from the Criminal Police Station in Mühldorf, Bavaria, Germany. Puh! Sie sprechen Deutsch. Hervorragend! Wir haben hier eine polnische Staatsangehörige, die ermordet wurde, und in ihrem Pass, der uns vorliegt, steht Rzeszow als Geburtsort. Können Sie den Namen in Ihrem Melderegister oder so nachschauen?« Er machte eine Pause und sah ins Leere, ohne etwas Bestimmtes ins Auge zu fassen. »Der Name ist Aneta Mazur. Ich buchstabiere: A – N – E – T – A – M – A – Z – U – R.« Kurze Pause. »Ach, Sie sprechen das Z wie ein S. Interessant!«

Nun geschah eine gefühlte Ewigkeit nichts. Max war inzwischen beim Kleingedruckten des Personenstammblatts und des Betreuungsvertrags der Berggumps angekommen. Ihm erschien nichts verdächtig daran. Allerdings war er kein Jurist, hier musste eine andere Abteilung beurteilen, ob alles rechtens war. Fäustl buchstabierte im Hintergrund seine offizielle E-Mail-Adresse der Kriminalpolizeistation in den Hörer. »Dann schicken Sie es mir gleich? Ich rufe an, wenn ich damit nicht zurechtkomme. Natürlich ist mir das klar. Ein polnischer Dolmetscher ist bereits unterwegs. Danke für die schnelle Amtshilfe.«

Ein Klopfen unterbrach Fäustls telefonische Verabschiedung. Eine junge Frau mit langen blonden Locken streckte den Kopf herein. »Guten Morgen, meine Herren. Agnieszka Kozak, beeidigte Dolmetscherin. Tut mir leid, dass es etwas länger gedauert hat, aber meine Kinder wollten mich am Sonntag nicht gehen lassen. Es eilt, das habe ich bereits verstanden. Worum geht's?«

»Guten Morgen, Frau Kozak!« Max winkte sie zu sich.

Agnieszka Kozak trug ausgedruckte Papierseiten und eine durchsichtige Plastiktüte bei sich, die ein Mobiltelefon enthielt.

»Ah, Sie haben das von der Spurensicherung schon ausgehändigt bekommen?«

Sie lächelte und legte ihre Sachen auf Max' und Fäustls Schreibtisch, dann trat sie wieder zwei Schritte zurück. Taxierend ließ Agnieszka ihren Blick an Max hinuntergleiten, blieb an seinen Schuhen etwas länger haften und endete wieder bei seinen Augen. Max fuhr es durch Mark und Bein. Agnieszka war sein Typ. Sofort zwang er sich zu einem professionelleren Gedanken. Die Dolmetscherin hatte Familie, und er hatte Maria Evita.

»Womit soll ich beginnen?«

Fäustl räusperte sich. »Bis ich die polnischen Seiten in meinem E-Mail-Postfach habe, können Sie sich gerne das Handy genauer ansehen.«

Max nickte. »Chats, SMS, Sprachnachrichten. Wir hätten gerne als Erstes einen Überblick, was alles zu finden ist. Schriftlich und beglaubigt brauchen wir es erst später. Die ermordete Besitzerin war eigentlich als Journalistin tätig.«

»Okay.« Agnieszka öffnete die Plastiktüte.

Max stand auf, zog einen Stuhl von der Wand weg und bot ihr einen Sitzplatz am Schreibtisch an. Sie drückte auf das Display. »Journalistin«, murmelte Agnieszka. »Sie hat viele aktuelle Sprachmemos. Soll ich da mal kurz reinhören?«

»Warum nicht«, sagte Max.

Mehrmals hintereinander berührte Agnieszkas Zeigefinger das Mobiltelefon. Plötzlich hörten die Anwesenden eine weibliche Stimme, dann ein Rauschen und danach eine weibliche Stimme mit dunklerem Timbre. Also eine zweite Person. Agnieszka hielt die Aufnahme an. »Herr Kommissar, das scheint ein Interview zu sein. Ich starte es noch einmal und versuche, es für Sie simultan zu übersetzen.«

Fäustl beugte sich neugierig über seinen Schreibtisch, und Max sah gebannt zur Dolmetscherin hinüber.

Sie lehnte sich in ihrem Stuhl zurück, startete ein weiteres Mal das Sprachmemo, schloss die Augen und sprach laut und deutlich, dass die Originalstimme in den Hintergrund trat. »Mein Name ist Aneta Mazur, ich spreche hier mit Zuzanna. Zuzanna, du bist als Pflegekraft in einem Privathaushalt in Mühldorf tätig. Vermittelt hat dich die Firma Bayernhomecura aus Pfarrkirchen. Bitte, Zuzanna, erzähle mir von deiner Arbeit.« Nun machte die Dolmetscherin eine kurze Pause, genau wie auf der Aufnahme, und die Stimme der zweiten Frau erklang. »Ich pflege eine alte Frau. Sie liegt im Sterben. Das belastet mich zusätzlich, ich kann nicht mehr. Rund um die Uhr bin ich für sie da, auch nachts. Für das, was ich leiste, braucht man zwei oder drei Mitarbeiter, also mindestens zwei. Aber ich bin allein und bekomme nur sechs Stunden pro Tag bezahlt. Und dabei arbeite ich tatsächlich vierundzwanzig Stunden. Ich schufte, wenn es draußen hell ist, und auch die ganze Nacht. Es lebt noch der Bruder der Frau, die ich pflege, bei uns, aber er hilft nicht. Mein Zimmer ist direkt neben der Frau. Die Patientin kann mich mit einer Klingel rufen. Jederzeit muss ich angerannt kommen. Ich habe schon ewig nicht mehr durchgeschlafen. Nur alle acht Wochen kann ich heim nach Polen. Meine Familie braucht das Geld. In meinem Vertrag steht, dass ich sechs Stunden am Tag arbeiten soll, von Montag bis Sonntag. Beginn und Ende soll ich eigenverantwortlich einteilen. Aber wie soll das gehen? Der Bruder sagt, er hat eine Vierundzwanzig-Stunden-Pflege gebucht. Als ich bei der Bayernhomecura nachgefragt habe, haben sie dem Bruder einen weiteren Vertrag geschickt, den musste ich unterschreiben, sonst wäre ich sofort arbeitslos gewesen, haben die gesagt. Nur bekomme ich nicht mehr Geld oder Urlaub oder bessere Arbeitszeiten durch diesen Vertrag. Nein! Er heißt ›Wohnen für Hilfe‹. Kannst du dir das vorstellen? Ich habe mich außerhalb der sechs Stunden für … Wie heißt das? Äh … freie Kost und Logis zu noch mehr Pflege verpflichtet. Und immer wieder ist mir angedroht worden, wenn ich nicht tue, was die wollen, dann fliege ich sofort raus und bekomme nie wieder in Deutschland eine Stelle. So ist das.« Wieder folgte eine Pause, und Aneta ergriff auf der Aufnahme das Wort. »Ich würde die ja verklagen. Sie schulden dir das Geld für jede einzelne Stunde, in der du in Bereitschaft bist. Schließlich gilt auch für ausländische Pflegekräfte deutsches Arbeitsrecht.«

Es knackte und das Sprachmemo war beendet.

»Das hat mit dem harten Alltag der osteuropäischen Pflegerinnen zu tun. Das habe ich mir schon gedacht«, sagte Max und stützte grübelnd seinen Kopf in die Hände.

Agnieszka war bereit, die nächste Datei abzurufen. Die drei hörten ein Rascheln, gefolgt von Anetas Stimme, die diesmal allerdings Deutsch sprach. Agnieszka wollte schon abbrechen, da es in diesem Fall für sie nichts zu übersetzen gab, doch Max hielt sie davon ab. »Mein Name ist Aneta Mazur vom Rufa-Oraz-Flash Magazin, und ich spreche hier mit dem deutschen Arbeitsrechtler Professor Oltgen. Ein Pflegedienst in Bayern, sagt er, vermittelt nur Pflegekräfte für sechs Stunden am Tag. Hat auf seiner Website aber ein Logo, das von einer Vierundzwanzig-Stunden-Pflege spricht. In den Verträgen steht tatsächlich nur etwas von sechs Stunden. Aber die meisten Pflegerinnen arbeiten rund um die Uhr. Ein Einzelfall?« Nun äußerte sich der angesprochene Professor. »Der Pflegedienst hat das organisiert, und dem war völlig klar, dass die Pflegerinnen für die Leute vierundzwanzig Stunden Gewehr bei Fuß stehen müssen, auch wenn schriftlich etwas anderes fixiert worden ist. Papier ist in diesem Fall mehr als geduldig. Pflegeexperten schätzen die Zahl der osteuropäischen Pflegerinnen in Deutschland auf bis zu siebenhunderttausend. Ohne diese Frauen würde die häusliche Pflege zusammenbrechen. Sie bilden eine dritte Säule des Pflegesystems in Deutschland neben den pflegenden Angehörigen und der ambulanten häuslichen Pflege. Trotzdem werden sie regelrecht ausgebeutet und bleiben unter dem Radar. Die ganzen Pflegedienste werben mit Vierundzwanzig-Stunden-Pflege, aber das ist nicht wirklich so gemeint laut Vertrag, das kann eine einzelne Person gar nicht schaffen.«

VI. ER BRINGT EUCH ÄPFEL, FEIGEN, NÜSS'

Fortgeschrittener Vormittag, und das Zimmer lag nach wie vor im Dunkeln. Die mitgebrachte Reisetasche war achtlos auf den Boden geworfen worden. Seine Mutter hatte ihm die Türe geöffnet, um im nächsten Augenblick wieder im Badezimmer zu verschwinden. Er war eingetreten, hatte die Reisetasche auf einen Holzstuhl mit Schnitzereien neben dem Fenster gehievt und die Vorhänge beiseitegezogen. Draußen tobte der Christkindlmarkt. Dass seine Mutter kurzfristig dieses Zimmer mit der besten Aussicht des Hotels zur Post ergattert hatte, wunderte ihn. So groß war ihr Einfluss in der Wallfahrtsstadt dann auch wieder nicht. Vermutlich hatte sie mehrmals den Namen von Kommissar Kramer erwähnt, bis die Angestellte an der Rezeption entnervt aufgegeben und Himmel und Hölle in Bewegung gesetzt hatte, um dieses Zimmer für seine Mutter zu organisieren. Er traute ihr zu, Menschen so lange unter Druck zu setzen, bis diese einknickten. Seine Mutter bekam schlussendlich immer, was sie wollte. Wahrscheinlicher war allerdings eine spontane Absage eines anderen Gastes, hoffte er. Zacharias sah sich im Hotelzimmer um. Gelbliche Tapeten, orangefarbene Zierleisten und ein ebensolcher Bettbezug, die Vorhänge in einem ähnlichen Ton. Nicht ganz so sein Ding. Um die Farborgie ertragen zu können, näherte er sich der Kommode gegenüber dem Bett, die die Minibar enthielt. Hinter seinem Rücken hörte er seine Mutter im Bad mit irgendetwas hantieren.

»Alles in Ordnung?«, fragte Zacharias, als sie in ihr Hotelzimmer zurückkam. Er hatte sich ein Bier aus der Minibar genommen und war zum Fenster zurückgekehrt, das auf den Altöttinger Kapellplatz hinausging. Fetzen von elektronischer Weihnachtsmusik drangen zu ihnen herein.

»Es ist noch nicht mal Mittag«, sagte sie vorwurfsvoll, als sie die Flasche in seinen Händen erblickte.

»Frühschoppen!« Zacharias grinste. Er ging zur Kommode hinüber, auf der ein kleiner Korb mit einer Tafel Schokolade, einer Tüte Chips und einer weiteren mit Studentenfutter stand. Er besah sich die Knabbereien und entschied sich für das Studentenfutter. Blitzschnell riss er es auf und kippte den halben Packungsinhalt auf einmal in seinen Mund. Zacharias kaute kurz und spülte dann alles mit einem großen Schluck Bier hinunter.

Seine Mutter setzte sich aufs Bett. »Ich will nicht mehr heim.«

»Musst du doch nicht.«

»Kann ich in deine Wohnung nach München ausweichen?«

Zacharias wirkte unsicher. »Ach, so ist das.« Mit der Zunge fuhr er sich über seine Schneidezähne. »Nicht schlecht, dieses Zeugs: getrocknete Äpfel und Feigen. Nette Nussmischung. Lecker!«

»Macht nichts.« Sie lachte unmotiviert, was künstlich klang. »Ich weiß nur nicht, wo ich auf die Schnelle hinsoll.« Sie erhob sich, ging nun selbst zur Minibar hinüber und fingerte einen gekühlten Gin und ein Tonic heraus. Sie schraubte den Verschluss ab und nahm bei dem anderen Fläschchen den Öffner zu Hilfe. Anschließend kippte sie beides in ein bereitstehendes Glas. »Frühschoppen«, sagte sie und trank das Glas zur Hälfte aus. »Ich weiß gar nicht, was mich mehr anwidert, dass in meinem Haus ein Mord geschehen ist, oder dass dein Vater gerade dort ist.« Annamirl Leidl-Berggump stellte das Glas auf der Kommode ab und massierte sich die Stirn.

»Fahr halt in Urlaub!«

»Ach, Gott! Wohin denn bitte?«

»Da, wo's schön ist. Thailand, Australien oder Südamerika. Nimm deine Tasche und fahr zum Flughafen. Kein Mensch wird dich deshalb verurteilen. Mach's einfach.«

Für einen Moment sah es so aus, als ob seine Mutter diese Option tatsächlich in Betracht zog. Doch dann schüttelte sie vehement den Kopf.

»Nein, das geht nicht. Ich laufe nicht einfach weg. Dann denken die Menschen doch, ich habe etwas zu verbergen.« Sie griff wieder nach ihrem Gin Tonic.

»Welche Menschen denn?«

»Ja, die Leute auf der Straße. Und was ist dann erst mit der Polizei? Lässt die mich überhaupts außer Land?«

»Du bist doch keine Verdächtige und kannst gehen, wohin du willst.«

»Und dann deine Großmutter. Irgendwer muss doch nach ihr sehen.«

»Bisher hat das der ambulante Pflegedienst gut hinbekommen. Du schuldest ihr nichts. Ich an deiner Stelle würde fahren.«

Ein tiefer Seufzer überkam seine Mutter, und sie sah ihm direkt in die Augen. »Du redest dich leicht.«

»Quatsch! Pack deine Sachen, und dann ab zum Flughafen.«

Mit beiden Händen umklammerte Annamirl Leidl-Berggump ihren Drink. Ihre Finger zitterten vor Anspannung. »Nein, nein, nein. Das hat keinen Sinn.«

»Mama, jetzt komm mal runter.« Er stand auf, nahm seiner Mutter das Glas aus der Hand und fasste sie an ihren Schultern. »Das Ganze ist keine leichte Situation, aber sie wird nicht besser, wenn du dich so aufregst.«

»Dein Vater hat's getan. Glaub mir, dein Vater hat Aneta auf dem Gewissen.«

Zacharias Atem beschleunigte sich. »Wieso glaubst du das?«

»Er wollte mich erwischen und hat uns verwechselt. Schließlich hat die Kleine mein Kleid getragen.«

»Nein, Mama, das glaube ich nicht.«

»Doch, er ist zu allem fähig, wenn ihm jemand oder etwas in die Quere kommt.«

*

Agnieszka übersetzte hoch konzentriert das nächste Sprachmemo auf Anetas Handy. Alle waren vor circa einer Woche aufgezeichnet worden, also in der Zeit, in der sie sich eigentlich in ihrer Heimat aufgehalten haben sollte. Aber Professor Oltgen war, laut Google, in Bayreuth ansässig, und die andere Interviewpartnerin arbeitete angeblich als Pflegerin in Mühldorf. Max machte sich immer wieder knappe Notizen, während Fäustl nur zuhörte und die übersetzten Worte auf sich wirken ließ. Agnieszka berührte das Display, machte eine kurze Pause, nahm einen Schluck Wasser aus einem Glas, das ihr Fäustl vorher gebracht hatte, und startete erneut. Sie arbeitete wie ein Uhrwerk. Anetas Stimme klang auf der Aufnahme ruhig und sanft.

»*Ich spreche heute mit Galina. Sie arbeitet bei einem älteren Herrn in Rosenheim. Du kommst doch nicht aus Polen?*

Nein. Aus Moldawien.

Wie klappt das mit der Arbeitsgenehmigung?

Wir sind über eine polnische Agentur bei der Bayernhomecura gelandet. Eigentlich darf ich hier nicht arbeiten, aber das ist denen egal.

Wie sieht ein normaler Arbeitstag bei dir aus?

Ich stehe auf. Versorge den Opa. Koche, putze, wasche. Ich gehe mit ihm raus und weiche nicht von seiner Seite. Wenn etwas ist, klingelt er nach mir. Mehrmals in der Nacht. Ich kann nicht mehr. Es ist eine Dauerbelastung. Selbst wenn du nicht direkt arbeitest, so bist du doch am Arbeiten. Was ist, wenn der Opa plötzlich einen Anfall in der Nacht hat? Ich muss immer bereit sein. Muss meine Augen und Ohren offen haben.«

Sie hörten die tiefen Atemzüge der Unbekannten auf der Aufnahme und wussten sofort, wie sehr sie die Situation zu belasten schien. Nun sprach die Stimme voller Tränen weiter.

»Ich kann nicht einfach gehen. Was soll ich meiner Familie sagen, wenn ich kein Geld mehr mit nach Hause bringe?

Hast du versucht, mit der Bayernhomecura zu reden?

Auf der Busfahrt, als wir ausgetauscht wurden. Also davor, als wir in Pfarrkirchen abgefahren sind. Ich hatte Angst. Der Eine hat mich so fest am Arm gepackt, dass ich noch Wochen später einen blauen Fleck hatte.

Warum bist du nicht zur Polizei gegangen?

Was soll das bringen? Ich bin illegal hier. Dann verliere ich meinen Job und bekomme am Ende selbst eine Anzeige, weil ich ja hier eigentlich gar nicht arbeiten darf. Außerdem arbeiten meine Schwägerin und meine Cousine für die Bayernhomecura, die würden dann sicher auch rausgeschmissen. Ohne diesen Job können unsere Familien zu Hause nicht überleben.«

*

Ganzkörper-Wellness war ein Thema, das im Erotixx-Club Rosenheim großgeschrieben wurde. Das Interieur war eine Mischung aus rotem Plüsch, schwarzem Leder und bayerischer Gemütlichkeit, die sich darin zeigte, dass der vorherige Pächter gedrechselte, bayerische Holzverkleidungen über die Räume verteilt hatte. Bevor der Industriebau zum Raum für gewisse Stunden geworden war, diente er als bayerisches Lokal. Hinter dem Industriebau befand sich nach wie vor in den Sommermonaten sogar ein kleiner Biergarten, den die Damen und ihre Gäste gern nutzten. Aber jetzt war es kalt, und drinnen zwischen Sauna und Whirlpool warm und stickig. In den hinteren Zimmern waren die Fenster beschlagen. Nadine brauchte nicht einmal die Vorhänge zuziehen. Dank der Feuchtigkeit konnte man von draußen nur schwer erkennen, was sich drinnen abspielte. Nadine hatte ein Dirndl an und dazu rote Stiefel. Die Gäste hier mochten den regionalen Touch in ihrem Outfit. Sie selbst stammte aus der Nähe von Krakau. Ihren Akzent konnte sie nicht ablegen. Neben sich auf ihrem Bett lag ein Stammkunde. Nadine kannte Herbert schon gute zwei Jahre. Die Hälfte seiner Besuche redeten sie, die andere Hälfte konnte sie sich nicht schnell genug ausziehen. Nadine war beides recht. Herbert gehörte zu den netten Kunden, und was er mit ihrer Zeit anfing, blieb ihm überlassen. Hauptsache er zahlte und handelte nicht. An der Bar bestellte er für sie jedes Mal Sekt, den sie gar nicht trank, und er wollte dafür in ihrem Zimmer einen Tee. Das Ritual war grundsätzlich das Gleiche: Sie betraten ihr Zimmer, Herbert zog seine Schuhe aus, er legte sich auf das Bett, sie schaltete ihren Wasserkocher ein und brühte ihm einen Earl Grey auf. Dann erzählte Herbert von seiner Firma, von den Geschäftsreisen, wenn er denn welche hatte, und ab und zu von seiner Frau und seinem Sohn. Beide waren eine herbe Enttäuschung, wie er sich ausdrückte. Seine Mutter war ein Pflegefall im gleichen Haus. Seine Frau gab gerne sein Geld aus, und genau diese Unart schien auch sein Sohn geerbt zu haben. Herbert hatte schon einmal gemutmaßt, ob es nicht ein Gen gab, das dafür sorgte, dass man sparsam lebte oder lieber Geld verprasste. Herberts Selbsteinschätzung als sparsam hatte ihm Nadine nicht eine Sekunde abgekauft. Er fuhr ein großes Auto, kam oft zu ihr, und wenn er nicht eine heimliche Schwäche für Damenparfüms besaß, dann war er am gleichen Tag auch schon mit anderen Frauen zusammen gewesen, bevor er sie besucht hatte. Sie war sich sicher, dass Herbert an diesen Tagen nur bei ihr so gesprächig war und seine Bedürfnisse woanders befriedigte. Dass er nach dem Parfüm seiner Frau roch, schloss Nadine aus.

Das Wasser im Kocher meldete sich. Sie schwang ihre Beine über die Bettkante, goss den Teebeutel auf und trug die Tasse um das Bett herum. Herbert hatte seine Hände hinter dem Kopf verschränkt, war nach wie vor angezogen und beobachtete sich im Spiegel über sich. Sein Atem ging ruhig und gleichmäßig. Bis auf »Hallo« und »Geht's gut?« hatten sie noch nicht viele Wörter gewechselt. Nadine stellte das dampfende Getränk neben Herberts Kopf auf den Nachttisch, in dem sich ihre Kondome befanden und was man eben sonst noch so für die Arbeit brauchte. Von ihm kam keine Reaktion. Schweigend setzte sie sich neben ihn, zog ihre Beine an und wartete. Für sein Alter war Herbert ein schöner Mann. Er war knapp sechzig, hatte er ihr einmal verraten, und sie sah keinen Grund, daran zu zweifeln. Seine dunklen Haare waren füllig, seine Schläfen ergraut, sein Gesicht hatte ein paar Falten. Sie hätte Herbert auch für gut aussehend befunden, wenn er nicht ihr Kunde gewesen wäre und sie sich zufällig auf der Straße kennengelernt hätten.

»Ich hab verdammt große Scheiße gebaut«, sagte er aus dem Nichts.

Nadine hob ihre Augenbrauen. So eine Wortwahl kannte sie nicht von ihm. Um ehrlich zu sein, sie passte auch nicht zu diesem Mann, den sie vermutlich besser kannte als seine eigene Frau. Sie wandte sich ihm aufmerksam zu, entgegnete aber nichts. Herbert monologisierte gern.

»Verdammt große Scheiße«, wiederholte er das eben Gesagte mit einem noch traurigeren Unterton. »Das kannst du dir gar nicht vorstellen.« Seine Worte klangen, als habe er etwas zu bereuen.

Nadine war sich nicht sicher, ob sie das, was nun folgen könnte, auch wirklich hören wollte.

Herbert schwieg und schloss seine Augen. Nichts geschah. So einen Kunden hatte Nadine noch nie gehabt. Auf der einen Seite war sie neugierig, was Herbert passiert war, aber auf der anderen hatte sie Angst davor, dass es sich um etwas wirklich Schreckliches handelte, das Herbert auf der Seele lastete. Nadine beschrieb sich selbst als starke Persönlichkeit, aber ihr Instinkt meldete sich gerade und versuchte ihr mitzuteilen, dass etwas im Raum stand, auf das sie nicht vorbereitet war und das selbst für ihre Nerven eine Herausforderung darstellte.

Mit einem Ruck richtete sich Herbert auf und blickte ihr in die Augen. Sie waren groß und traurig. »Hältst du mich für einen guten Vater?«

»Vielleicht gehst du besser.«

*

Fäustl schloss die Tür hinter Agnieszka, die sich nach einer Pause im Nebenraum den weiteren Übersetzungen widmen wollte. »Die Frauen aus Moldawien werden als solche aus Polen ausgegeben. Krass. Klarer Verstoß gegen das Arbeitsrecht, und da kommt, so wie ich das sehe, noch ein ganzer Rattenschwanz bei der Bayernhomecura dazu.« Fäustl war mehr und mehr zu dem Schluss gekommen, dass es vermutlich Anetas Recherchen waren, die sie in Bedrängnis gebracht hatten. »Da liegt definitiv ein Motiv.«

Max schüttelte den Kopf. »Motiv, definitiv, Infinitiv ...« Er musste schmunzeln. »Würd ich ned drauf wetten. Das Problem, das ich dabei sehe: Wenn du jemanden zum Schweigen bringen willst, dann holst du dir doch alles, was dich verraten könnte. Alle Aufzeichnungen und vor allem das Handy. Sonst nützt dir das ganze Schweigen nichts. Das Telefon hat ihr der Täter aber einfach gelassen.«

»Vielleicht hat es der Täter auf Anhieb nicht gefunden und ist in seinem Tun überrascht worden.«

Max hielt inne und lauschte. Die elektronische Version des Bayerischen Defiliermarsches dudelte in seiner Jackentasche.

Fäustl zuckte zusammen. »Kramer, dein Klingelton nervt so dermaßen, dass …«

Max wehrte ab, er hatte gerade keinen Kopf, Fäustl mit einem Witz zu begegnen oder ihn zu bitten, diesen Hinweis endgültig zu unterlassen. Er erkannte die Altöttinger Festnetznummer auf seinem Display und ging dran. »Ja?« Nach ein paar Sekunden stockte ihm der Atem.

Fäustl verstand sofort, dass etwas ganz und gar nicht stimmte. »Kramer, was ist los?«

*

»Kreisklinik Altötting« stand neben dem orange lackierten Eingang. Der Rest des Gebäudekomplexes war in einem undefinierbaren Grau oder Braun gehalten. Max lief schnell auf die Automatiktüre zu, die nicht sofort öffnete. Er fühlte einen Druck in der Brust und sein Herz hämmerte in immer höherer Frequenz. Er merkte, wie sein Blick verschwamm. Endlich setzte sich die Automatiktüre unerträglich langsam in Bewegung. Max stürzte in die Eingangshalle und setzte sich auf die unterste Treppenstufe einer großen Freitreppe, die die Halle dominierte. Lange hätte er sich nicht mehr auf den Beinen halten können, denn er war so außer Atem, dass ihn schwindelte. Sein Auto hatte er weiter vorn an der Straße parken müssen, da vor dem Gebäude kein Parkplatz mehr zu finden gewesen war. Die Strecke zum Krankenhaus hatte Max dann im Sprint zurückgelegt. Fäustls Angebot, ihn herzufahren, hatte er leichtsinnigerweise abgelehnt.

Max legte seinen Kopf in die Hände und atmete so ruhig wie möglich, um sich wieder in den Griff zu bekommen. Er musste zu ihr, aber im Moment spielte ihm sein Körper einen bösen Streich. Er fühlte sich hilflos, unfähig, sich zu bewegen, ohne Angst haben zu müssen, im nächsten Moment auf dem Steinboden zu landen, sobald er sich erhob.

Niemand nahm von dem auf der Treppe kauernden Mann Notiz. Kein Mensch lief an ihm vorbei oder betrat das Krankenhaus an diesem Sonntag. Der Eingangsbereich war wie ausgestorben.

Ein paar Minuten später konnte er endlich aufstehen und zum Empfangstresen wanken. Die Frau in dem großen Glaskasten war wie eine Krankenschwester gekleidet und in Max' Augen geradezu provozierend entspannt, als er sie nach Maria Evita Unterprammer fragte. Zeitlupenartig tippte sie etwas über ihre Tastatur in den Computer ein, und ebenso langsam kam ihr die Station und die Zimmernummer über die Lippen. Trotzdem er keine Zeit mehr verlieren wollte und bereit war, einen erneuten Sprint hinzulegen, so besann sich Max eines Besseren und setzte bedächtig einen Fuß vor den anderen, um nicht doch noch wegen des Zusammenspiels von Aufregung, falscher Atmung und Geschwindigkeit umzukippen.

Max schwankte einer Schwester in der besagten Station direkt in die Arme. Sie erkundigte sich, was los sei und ob es ihm gut ginge, was Max mit einem Nicken beantwortete und der Frage, wo genau er Maria Evita finden könnte. »Ich mache mir unendlich Sorgen«, schloss er leise an.

Nachdem die Schwester noch zwei weitere Male fragte, ob es ihm wirklich gut ginge, und Max mit Nachdruck darauf bestand, dass ihm nichts fehle, musterte sie ihn erneut.

»Wer sind Sie denn eigentlich?«, fragte die Frau in Weiß.

»Ich bin …« Max wusste nicht, was er antworten sollte. Was war er offiziell für Vevi? Das hatten sie nie definiert. Der Freund? Der Verlobte? Der Wasweißich? Würden sie ihn jetzt in der Klinik überhaupt zu ihr lassen, da sie nicht verheiratet waren? Wer war er nun? Max entschied sich für seinen Beruf und kramte den Polizeiausweis hervor.

»Sie ist wieder bei Bewusstsein«, berichtete die Schwester. »Braucht aber viel Ruhe. Keine Ablenkung jetzt. Wenn Sie mit ihr reden, dann nur ganz kurz. Hier geht es eh schon zu wie im Taubenschlag. Das ist nicht zum Wohle der Patientin. Haben Sie schon eine Spur?«

Max schüttelte den Kopf, denn an Ermittlungsarbeit dachte er als Letztes.

Auf dem Gang entdeckte er Vevis Tante, die mit rot geweinten Augen auf ihn zusteuerte, sobald sie ihn erkannt hatte.

»Max«, sagte sie, »ich hatte gehofft, dass ich Vevi nie wieder hier im Krankenhaus besuchen muss. Nie wieder!« Aus der Manteltasche zog Traudl Unterprammer ein Stofftaschentuch, um sich die Tränen zu trocknen, die wieder über ihre Wangen liefen. »Danke, dass du gleich gekommen bist.« Sie umarmte ihn.

Er riss sich zusammen. Vor Vevis Tante durfte er

nicht zugeben, wie er sich wirklich fühlte. Die Schwester verabschiedete sich. Im Hintergrund erblickte er einen Polizisten in Uniform, den er aus der Ferne als Seppi Mayerling identifizierte. Er kam mit einem anderen Kollegen aus einem Zimmer, das drei Türen weiter den Gang hinunter lag. Das musste das von Maria Evita sein. Dass hier ein weiteres Opfer einer Straftat lag oder gar ein Täter, den es zu bewachen galt, schloss er aus. Davon hätte Max gehört.

Mayerling grüßte bereits aus der Distanz, indem er ein paar Blätter in die Höhe reckte, und als er vor ihm stand, stellte er seinen Begleiter als »Hauck Rudi« vor. Max kannte ihn flüchtig. Frau Unterprammer nickte.

»Ach, Kramer«, sagte Mayerling. »Seid ihr in Mühldorf scho' informiert worden? Ihr seid ja diesmal verdammt schnell. Wir hätten euch Kriminaler sofort Bericht erstattet, wennst noch a Stund gewartet hättest. Hast du wegen des Mords im Berggump-Haus ned alle Hände voll zu tun?«

»Passt scho'. Ich bin wegen Maria Evita Unterprammer hier, aber sozusagen privat«, brummte Max.

»Privat?« Mayerling legte seine Stirn in Falten. »Ach, so ist das. Na ja, magst trotzdem einen Blick in den Bericht werfen?«

Max fuhr seine Hand aus, und Mayerling drückte ihm drei Seiten in die Hand. Er überflog alles, bedankte sich und gab sie mit ernster Miene zurück. »Sie hat also noch selbst den Notarzt von ihrem Handy aus angerufen.«

»Ja, hat sie. Aber nicht einmal daran kann sich die Arme grad erinnern.«

Frau Unterprammer schaltete sich ein. »Der Arzt sagt, dass das vorkommen kann. Sie steht unter Schock. Hoffentlich vergeht das bald.«

»Das Auto hat sie also mit voller Wucht erwischt, Mayerling?«

»Deutet alles darauf hin, Kramer. Sie war mit dem Fahrrad zwischen Alt- und Neuötting unterwegs. Kurz nach der Unterführung bei der Konventstraße. Da oben bei der Kiesgrube. Das Fahrrad ist Schrott und geht zur Spurensicherung.«

»Zeugen?«, fragte Max.

»Nada.« Seppi Mayerling schüttelte den Kopf. »Vielleicht meldet sich noch wer.«

»Was wollte die Vevi da draußen? Hast du eine Erklärung, Traudl?« Max sah Frau Unterprammer an, die wieder zu ihrem Stofftaschentuch griff.

»Sie braucht öfter mal frische Luft, wenn ihr der ganze Weihnachtstrubel im Geschäft und am Kapellplatz zu viel wird. Dann geht sie joggen oder schnappt sich ihr Radl. Dann bin ich halt allein mit den ganzen Touristen, aber wenn sie nicht rauskommt, dann wird sie richtig böse. Das kenn ich schon und will ich nicht riskieren.«

Mayerling und Hauck verabschiedeten sich, und Traudl Unterprammer meinte, dass sie wieder in ihren Laden zurückmüsse, denn sonntags wäre die Hölle los, solange der Christkindlmarkt vor ihrer Tür tobte.

Max wandte sich zur Tür, atmete tief durch und klopfte an. Von drinnen vernahm er ein schwaches »Herein«, und er trat ein.

Vevi lag matt in einem Krankenhausbett, keine Nachbarn an ihrer Seite, dafür ein Tisch mit zwei Stühlen und ein Fenster, durch welches man den Garten sehen konnte, der den gesamten Komplex der Innklinik umschloss. Auf ihrer Schläfe klebte ein Pflaster, und ihr linker Arm befand sich eingebunden in einer Schlinge. Max näherte sich vorsichtig, griff nach ihrer freien Hand und nahm auf dem Stuhl, der neben dem Bett stand, Platz. »Was ist passiert?«

»Ich habe keine Ahnung.«

»Du konntest noch selbst den Notarzt rufen?«

»Anscheinend. Auch daran kann ich mich nicht erinnern. Wahrscheinlich hat mich ein Auto auf die Stoßstange genommen.«

»Kannst du dich erinnern, was der Notarzt gesagt hat?«

»Nein. Hier haben sie mir mitgeteilt, dass mein Arm und eine Rippe angeknackst sind. Ich habe aber keine Schmerzen.«

»Das liegt höchstwahrscheinlich an den Schmerzmitteln. ›Sex and drugs and rock and roll, is all my brain and body need‹, um mit Ian Dury zu sprechen.« Seine Finger strichen über ihren Handrücken.

Vevi lachte. »So einfach kommt man an einen Drogencocktail für einen Trip. Die Schwestern hier sind gute Dealer.«

Max sah sie verwundert an. »Tut dir das Lachen nicht weh? Ich meine wegen der Rippe?«

Vevi schüttelte ihren Kopf. »Nein. Keine Spur!«

»Du bist wirklich ordentlich zugedröhnt«, schlussfolgerte Max. »Was ist das Letzte, an das du dich erinnern kannst?«

»Dass ich mich auf mein Fahrrad geschwungen habe.« Sie hielt inne. »Und ich kann mich an die Konventstraße erinnern. Auch an ein Motorengeräusch hinter mir. Aber sonst herrscht in mir gähnende Leere.«

»Deine Erinnerung kommt sicher bald zurück, und dann verhafte ich diesen Scheißkerl, der sich einfach davongemacht hat.« Max seufzte. »Ich hab mir wirklich extrem große Sorgen um dich gemacht.«

»So schnell bringt mich nix um!«

In diesem Moment überkam ihn das unendliche Verlangen, Vevi zu umarmen und zu küssen. Doch bevor er sich erheben konnte, um seinen Plan in die Tat umzusetzen, meldete sich sein Telefon. Fäustl hatte ihm eine Audio-Datei geschickt und eine kurze Zeile als Erklärung. »Das solltest du dir dringend anhören ☺«. Max blieb sitzen und drückte auf »Abspielen«. Zuerst vernahm er ein Rascheln wie von einer Bettdecke und dann eine Männerstimme: »Ich liebe dich. Du musst mir glauben, dass ich eigentlich nicht der Typ bin, der sich von seinen Gefühlen übermannen lässt, aber du bist in dieser wahnsinnig kurzen Zeit zu meinem wichtigsten Menschen geworden.«

»Was ist das?«, fragte Vevi.

»Egal. Hat mit dem Fall zu tun.« In seinem Lächeln zeigte sich eine Spur schlechten Gewissens. Der Beruf ging wieder vor. »Ich muss dich leider verlassen. Ruh dich aus. Ich komme heute Abend wieder.« Er behielt das Telefon in der Hand und schritt zum Ausgang. Sie nickten sich zu. Max war erleichtert, dass es Vevi so viel besser ging, als er vermutet hatte. Sie warf ihm eine Kusshand zu, als er die Tür hinter sich schloss, und Max wurde heiß. Wie sehr er Vevi doch liebte. Draußen auf dem Gang Richtung Ausgang rief er Fäustl an.

»Wie geht's Maria Evita?«, fragte dieser ohne Begrüßung.

»Den Umständen entsprechend. Was hast du mir denn da geschickt?«

»Da staunst, Kramer, gell?«

»Ich kann es ehrlich gesagt ned ganz einordnen.«

»Auf dem Handy des Opfers hat die Agnieszka mehrere solche Aufnahmen gefunden. Immer von dem gleichen Typen, der Aneta mit seinen Liebesschwüren zutextet und auch mal sagt, dass er seine Frau für sie verlassen würde.«

»Also ein verheirateter Mann. Und wer ist des?«

»Muss ich passen. Aber alle Aufnahmen wirken nicht so, als wären sie als solche gedacht gewesen.«

»Wie meinst du das?«

»Die Aneta hat das Liebesgefasel einer offensichtlich deutschen Affäre heimlich mitgeschnitten. Meistens im Bett zwischen den Kissen, denn ein charakteristisches Stoffrascheln findet sich auf jeder ihrer Aufnahmen.«

»Oh!« Max ging ein Licht auf. »Also entweder haben wir es mit einem Mord aus Eifersucht zu tun, weil die Ehefrau draufgekommen ist. Oder …« Max machte eine Pause, um seine Gedanken zu ordnen. »Hat Aneta Mazur den Unbekannten damit vielleicht erpresst?«

»Korrektestens, Kramer. Ich tippe auf zweiteres. Wann bist wieder da?«

»Gib mir eine Viertelstunde. Bis gleich!«

*

Der Geruch in dieser Wohnung war komplett anders als bei ihm zu Hause. Vielleicht machte Herbert deshalb der muffige Geruch nichts aus, denn der Duft von Ordnung, den seine Ehefrau in seinem Haus versprühte, war ihm über die Jahre immer mehr auf die Nerven gegangen. In der Küche hier roch es nach Alkohol, denn Clara brachte das Leergut in der Ecke nur in unregelmäßigen Abständen zum Container. Ihre Gardinen passten zum Muster der Tischdecke, und in den Terrakottatöpfen auf dem Fensterbrett hatten Küchenkräuter ihre Heimat gefunden.

»Also, was ist los?«, fragte Clara, als sie in ihre Küche zurückkam. »Sonst besuchst du mich auch nicht zwei Tage hintereinander.«

Herbert nippte an einer Tasse Tee und stand am Fenster neben dem Küchentisch. Seine Schultern hingen nach unten, und seine Körpersprache teilte jedem mit, dass sich ein gebrochener Mann hinter Herberts Fassade verbarg. Er sah sie tief aus seinen traurigen Augen an, trat auf sie zu und berührte kurz ihren Arm. »Ich bin auf einer tour d'amour, sozusagen.« Herbert wollte diesen Satz durch ein Lächeln unterstreichen, was ihm missglückte.

Clara begann, nervös zu werden, denn sie brachte die

depressive Erscheinung Herberts nicht in Einklang mit einem Satz, in dem er den französischen Ausdruck für »Liebesreise« gebrauchte.

Herbert trat noch näher an sie heran. Ihr stieg der Duft von Aromaöl, wie es bei Sauna-Aufgüssen oder bei Massagen verwendet wurde, in die Nase.

»Wo warst du denn bitte? Du riechst wie frisch aus einem Wellness-Tempel.«

»Bei einer anderen«, antwortete Herbert wahrheitsgemäß.

Clara war nicht eifersüchtig. Ihre Beziehung beschränkte sich auf Sex und gute Gespräche. Vielleicht mal ein gemeinsames Wochenende in Italien, aber nicht mehr. Außerdem war Herbert verheiratet. »Jetzt rede doch bitte, was los ist! Warum bist du da?«

»Die andere war es irgendwann leid, zuzuhören.«

»Aha.« Wieder machte Herbert eine lange Pause, bis Clara lauter wurde. »Ich komm ja nicht mal zum Zuhören, wenn du den Mund nicht aufmachst.«

Herbert ging zurück zum Stuhl und ließ sich darauf fallen. »Bei mir ihm Haus ist gestern die Leiche der polnischen Pflegerin meiner Mutter gefunden worden.«

Clara wirkte überfahren, mit diesem Satz hatte sie am wenigsten gerechnet. »Das ist ja furchtbar«, kam ihr mit erstickter Stimme über die Lippen. »Wie ist sie gestorben?«

»Sie ist erschlagen worden.«

»Meine Güte. Kein Wunder, dass dich das so mitnimmt. Und deine Familie?«

Herbert zuckte gleichgültig mit den Schultern. »Was soll schon sein? Meine Frau ist nicht das empathischste Wesen, und über meinen Sohn will ich gerade nicht reden. So wie ich die Polizei einschätze, werden sie alle Verbindungen prüfen und schlussendlich auch bei dir und …« Herbert musste schlucken. »Und … und den anderen landen.«

»Warum?«

»Warum? Warum? Weil ich die letzten Tage bereits unterwegs war.«

»Ja, und?« In Claras Stimme schwang Unverständnis.

Herberts flache Hand klatschte auf die Tischplatte. »Sie werden mein Alibi überprüfen. Ist das denn so schwer zu verstehen?«

»Okay. Hast du denn was damit zu tun?«

»Natürlich nicht.«

»Kanntest du die Pflegerin deiner Mutter näher? Du weißt schon, was ich meine?«

»Kümmer dich um deinen eigenen Scheißdreck. Du stellst ziemlich blöde Fragen, Clara.«

»Entschuldigung.« Clara sah auf Herbert herab, und mit einem Mal wandelte sich das Bild, welches sie von ihm über die Jahre hatte. Sie konnte nicht verstehen, was sie an diesem Mann jemals attraktiv gefunden hatte. Vor ihr saß ein angsterfüllter alter Sack, der sich von Affäre zu Affäre hangelte und der es in den letzten Jahren einfach nicht geschafft hatte, bei seiner Familie reinen Tisch zu machen, um ein neues Leben zu beginnen. Ein Angsthase. Ein Schlappschwanz. Wie sie sich im Internet vor Jahren kennengelernt hatten, war ihr klar gewesen, dass sie diesen Casanova niemals allein haben konnte. Nun wollte Clara ihn gar nicht mehr, weder exklusiv noch in Teilhaberschaft. »Ich glaube, es ist besser, wenn du jetzt gehst. Falls mich die Polizei befragen sollte, werde ich nicht lügen. Keine Sorge.«

VII. GUTES BACKWERK

Fäustl konnte nicht glauben, was er da las. Während er durch das Fünfundvierzig-Seiten-Dokument blätterte, versuchte er den Inhalt zu verstehen und zeitgleich die Konsequenzen abzuschätzen, die bei einer Veröffentlichung der Bayernhomecura drohten. Die beiden Journalisten Heilker und Glaubitz beobachteten ihn dabei, während sein Chef Veit Kunfter ständig den Platz wechselte und eine nervöse Stimmung verbreitete. »Wir bitten Sie, mit der Berichterstattung noch zu warten.«

Peter Heilker und Tino Glaubitz nickten.

»Dafür garantiere ich Ihnen, dass wir Sie in diesem Fall auf dem Laufenden halten und Sie informieren, sobald wir den Täter zur Strecke gebracht haben. Sie bekommen selbstverständlich dann ein exklusives Interview mit mir.«

Fäustls und Max' Verdacht, dass die Bayernhomecura Pflegerinnen vermittelte, die gar keine Arbeitserlaubnis in der EU hatten, und diese als Polinnen tarnte, hatte sich erhärtet. Außerdem sparten sie nicht mit Drohungen und Einschüchterungsversuchen, damit die

Frauen rund um die Uhr für ihre Klienten bereitstanden, obwohl vertraglich etwas anderes vereinbart war. Aneta hatte Kontakt zu Betroffenen geknüpft. Bei den Berggumps war sie undercover tätig gewesen, um für das Magazin ein realistisches Bild schildern zu können.

Fäustl sah zuerst Glaubitz und dann Heilker an. Glaubitz war der Wortführer, aber nicht direkt in die Recherchen eingebunden, sondern die treibende Kraft im Hintergrund. Heilker hingegen hatte sich mehrmals mit Aneta getroffen und wollte an diesem Wochenende Fotos und Filmaufnahmen zur Story beisteuern. Er wirkte im Gegensatz zu Glaubitz wirklich tief betroffen. »Können Sie mir sagen, warum Aneta Mazur so oft bei den Berggumps war? Einmal zwei Wochen hätten doch vollkommen genügt für so eine Art von Artikel.«

Heilker fühlte sich angesprochen. »Das war ihr Wunsch und hat mich, muss ich gestehen, auch gewundert. Denn genau diesen Punkt haben wir diskutiert. Eigentlich waren nur zwei Wochen im Herbst geplant, aber sie sagte, sie brauche noch mehr Zeit, und hat immer wieder verlängert. Wirklich neue Erkenntnisse hat das allerdings nicht gebracht. Die Interviews mit den Betroffenen hätte sie schon viel früher führen können.«

»Man muss ja auch erst mal eine Vertrauensbasis schaffen«, mischte sich Glaubitz ein.

»Das war in diesem Fall gar nicht nötig«, entgegnete Heilker. Sein Blick wanderte unstet durch das Zimmer und folgte Kunfter, der nach wie vor auf und ab ging. »Sie hat die Pflegerinnen bereits auf der ersten gemeinsamen Fahrt aus Polen beim Transport kennengelernt und bestimmt, wen sie in ihren Artikel aufnehmen möchte und wen nicht.«

Plötzlich blieb Kunfter stehen. »Und ihr Inkognito hat Frau Mazur bei den anderen Pflegerinnen gelüftet.«

»Nicht sofort, aber doch recht zügig«, gab Heilker Auskunft.

Es klopfte an der Tür, und direkt danach drückte jemand die Klinke nach unten. Max trat ein.

»Ah, Kramer«, sagte Kunfter. »Ich hoffe, Ihrer Bekannten geht es besser.«

Max zwang sich zu einem Lächeln, und Fäustl fiel im gleichen Augenblick ein Stein vom Herzen. Ihm entfuhr ein erleichtertes »Puh«, dann räusperte er sich. »Also von meiner Seite habe ich keine weiteren Fragen an Sie, meine Herren.« Er drehte den Kopf. »Ich bring dich gleich auf den neuesten Stand, Max.« Nun wandte er sich wieder Heilker und Glaubitz zu. »Danke, und wenn mir noch etwas einfällt, was dieses Dokument nicht beantwortet, dann rufe ich Sie an. Haben Sie noch was, Chef?«

Kunfter schüttelte den Kopf und wies mit der Hand zum Ausgang. »Vielen Dank für Ihre Hilfe, und wenn Sie möchten, habe ich noch einen Kaffee für Sie in meinem Büro.« Er beeilte sich, mit den beiden Journalisten den Raum zu verlassen.

Als sie die Türe hinter sich zuzogen, setzte Max sich auf seinen Platz. »Vevi kann sich an nichts erinnern. Aber ich bin optimistisch, dass wir das Arschloch schnappen, das sie einfach hat liegen lassen. Ihr Fahrrad ist bei der Spurensicherung.«

»Verletzungen?«

»Ein paar Knochenbrüche, aber nichts Ernstes. Glück im Unglück sozusagen.«

»Das beruhigt mich ein bisschen. Bitte bestell ihr an schönen Gruß. Zu den journalistischen Recherchen …« Fäustl hob die Blätter vor Max' Gesicht und fasste deren Inhalt zusammen. »Die Bayernhomecura hat eigentlich ein Motiv«, schloss er seine Erzählung.

»Aber was mir nicht einleuchtet, Fritz, warum die Mazur das Kleid von der Leidl-Berggump angezogen hat und warum sie so oft zu denen zurückgekehrt ist. Das ist doch der springende Punkt.«

»Kramer, genau des hab ich mich auch schon g'fragt.«

»Und dann dieses Liebesgeflüster in ihren Audio-Dateien. Von wem ist das und was wollte die Mazur damit?«

»Kramer, jetzt geh ma amal davon aus, dass es irgendwer von der Bayernhomecura war, oder jemand, den die dafür angeheuert haben, weil …«

»Keinesfalls, Fritz. Völlig falsche Richtung. Die ist überrascht worden. Gegen deine These spricht, dass sie ihr das Handy gelassen haben und dass das Haus nicht durchsucht worden ist. Wenn, dann sind die doch hinter eventuell belastendem Material her.«

»Kramer, irgendeine von den von ihr interviewten Pflegerinnen hat die Mazur bei der Bayernhomecura verpetzt und die haben sich im Affekt für diesen drastischen Schritt entschieden. Sie vergewissern sich, dass niemand zu Hause ist. Klingeln. Aneta kennt vermutlich den Täter, macht ihm auf …«

»In dem riesigen Kleid?«

Fäustl stutzte. »Stimmt, Kramer. Da is die Sache jetzt ned rund.«

»Der Mörder hatte einen Schlüssel oder einen Dietrich. Also entweder Familie, Putzfrau oder Irrer. Oder jemand, der noch eine Rechnung mit Aneta Mazur offen hatte.«

»Vielleicht wollte der Täter doch die Leidl-Berggump ins Jenseits befördern?«

Max pustete durch seine Lippen, presste diese aufeinander und ließ die Luft mit einem Laut, der an eine Trompete erinnerte, wieder entweichen.

Fäustl hielt sich die Ohren zu. »Was soll dieses Blaskonzert?«

»Mein Instinkt sagt Nein. Da ist jemand zielgerichtet in die Wohnung rein, hat nach dem Nussknacker gegriffen und Aneta Mazur mit ein paar gezielten Schlägen getötet.«

»Dann soll mir dein Instinkt jetzt auch noch sagen, wer.«

»Keine Ahnung, Fritz.« Max hob seinen Blick zur Decke und bat das Universum um einen kleinen Wink des Schicksals.

Fäustl stand auf und ging ein paar Schritte durch den Raum. »Wann kommt eigentlich der Mann von der Leidl-Berggump bei uns vorbei?«

Wie ein Pfeil schoss Max nach oben. »Genau das habe ich die ganze Zeit vergessen.«

*

»Spinnst du! Bist du vollkommen übergeschnappt? Wenn du deinen Arsch nicht augenblicklich zur Polizei bewegst, dann ist unsere gemeinsame Firma ab jetzt Geschichte.« Arthur Winterstein hing ein Spuckefaden aus dem Mundwinkel und seine Gesichtszüge waren rot angeschwollen. Sein Geschäftspartner Roman Koschek lehnte an seinem abgeschrammten Auto, das in Wintersteins Einfahrt parkte.

»Du hast Fahrerflucht begangen? Ist das dein Ernst?« Wintersteins Entsetzen wuchs bei jedem seiner Worte. »Ein paar Pflegerinnen eine Arbeitsgenehmigung durch kreativen Umgang mit Büchern und Behörden zu verschaffen, ist das Eine, aber jemanden über den Haufen zu fahren, ist ganz was anderes. Du elender Idiot! Jetzt ist die Kacke am Dampfen.«

»Ich wollte nur sehen, ob das die Frau war, die ich immer bei der Polin in Altötting gesehen habe.«

»Was?«

»Es hat mir keine Ruhe gelassen.«

»Warum kannst du nicht einfach wie ein normaler Mensch abwarten, was passiert? Warum fängst du plötzlich an, eine Pflegerin zu überwachen?«

»Ich habe nicht damit angefangen, sondern das zu unserem Schutz schon längere Zeit gemacht. Arthur, ich hatte recht, dass mit dieser Mazur was nicht stimmt. Das kannst du nicht leugnen.«

Winterstein spuckte auf den Kies vor seinem Haus, was Koschek dazu veranlasste, sich wild gestikulierend zu rechtfertigen. »Ich musste vorher zurück nach Altötting und schauen, was da im Moment vor sich geht.«

»Wie wär es mit ruhig und unauffällig in unserer Situation, um ihnen keinen Anfangsverdacht für eine Untersuchung zu liefern?« Beschwichtigend hob Winterstein seine Hände, aber Koschek wurde noch lauter.

»Ich kann doch nicht einfach hier sitzen, als ob nichts geschehen wäre.« Koschek nestelte an seiner Hose. »Ob die Presse bereits vor Ort ist, wollte ich wissen.« Seine Finger fuhren nervös über seine Oberschenkel. »Vielleicht sollten wir einfach alles hinschmeißen und abhauen?«

»Was glaubst du eigentlich, worum es hier geht? Sie können uns nichts nachweisen. Wir haben Bestätigungen von unseren polnischen Vermittlern, dass alles rechtens ist. Komm endlich wieder auf den Boden der Tatsachen zurück. Diese Mazur ist jetzt eh schon hin.«

Jedes der Wörter, die Arthur Winterstein ihm entgegengeschleudert hatte, war an Koschek abgeprallt. Der Unfall spielte sich noch einmal in seinem Kopf ab. Abwesend formte er jede weitere Silbe. »Auf der Rückfahrt gurkt da vor mir diese Frau auf ihrem Fahrrad herum. Und plötzlich haben zwei Bilder übereingestimmt. Das ist doch die, die mit dieser Mazur immer spazieren war, denk ich mir. Ich fahre ihr ein ganzes Stück lang nach. Dann geb ich Gas am Stadtrand, um sie mir genauer anzuschauen, und in dem Moment fährt sie weiter links in die Straßenmitte. Ich konnte nicht mehr ausweichen.«

»Du bist einfach nur irre. Also, hör zu: Ich sage das nur einmal. Entweder du zeigst dich jetzt bei der Polizei selbst an, oder …« Wintersteins Stimme zitterte vor Aufregung.

»Oder?«, fragte Koschek.

»Oder ich tue es. Hast du keine Angst, dass sie sich dein Nummernschild gemerkt haben könnte?«

Beide Männer sahen sich schweigend an. Koschek versuchte, in Wintersteins Gesicht zu lesen, wie ernst es ihm mit seiner Drohung war.

Plötzlich kehrte Winterstein Koschek seinen Rücken zu und zückte sein Mobiltelefon. »Gut, du hast es nicht anders gewollt.«

»Das wirst du nicht!«

In diesem Moment bemerkte Winterstein aus dem Augenwinkel den Schatten Koscheks hinter seiner Schulter. Noch bevor er zu laufen beginnen und den Arm hochreißen konnte, spürte er einen gewaltigen Schlag im Nacken. Winterstein verlor das Bewusstsein.

*

Zur gleichen Zeit stapfte Fräulein Schosi durch die Gänge des Kreisklinikums. An einem Arm baumelte ihre Handtasche und mit der anderen Hand schob sie Monsignore Hirlinger zur richtigen Station. Über die Buschtrommeln des Frauenbunds, die einen wahren Orkan entfacht hatten, wusste sie, auf welcher Station Maria Evita Unterprammer lag und was ihr geschehen war: Ein Monstertruck oder ein Sattelschlepper samt Anhänger hatte sie mit hundertachtzig Kilometer in der Stunde unweit des Kapellplatzes überfahren. Schrecklich! Natürlich hatte sie nicht lange gezögert, umgehend ihren Arbeitgeber informiert und war mit ihm zusammen in einem Taxi hierhergeeilt, um der Armen Beistand zu leisten. Durch mehrere grüne Automatiktüren hatten sie sich den Weg gebahnt und nun endlich das Zimmer mit der richtigen Nummer erspäht. Sie klopfte an und trat ein.

Maria Evita lag ruhig in ihrem Bett. Ihr Gesicht war dem Fenster zugewandt, das halb von einer Jalousie bedeckt war. Keine Ganzkörperbandagen oder Schienen, wie sich das Fräulein Schosi nach einem so schweren Unfall vorgestellt hatte. Langsam drehte Vevi ihren Kopf Richtung Eingang, und ihre Mimik erstarrte, als sie erkannte, wer ihr da einen Besuch abstattete.

»Schwester Maria Evita … Verzeihung! Ich meine natürlich Fräulein Unterprammer. Wie geht es Ihnen? Das ist ja schrecklich. Wir sind ja so froh, dass Sie noch einmal mit dem Leben davongekommen sind.« Sie stellte ihre mitgebrachte Tasche auf einen Stuhl vor dem Fenster.

Als sich Maria Evitas Blick mit dem von Hirlinger kreuzte, zuckte er entschuldigend mit den Schultern, gab aber kein Wort von sich. Er biss sich auf die Lippe, und seine Augen schienen hinter Fräulein Schosis Rücken zu sagen: »Es tut mir so leid, aber ich konnte sie nicht aufhalten.«

»Geht's Ihnen scho' besser?«, erkundigte sich Fräulein Schosi, während sie Vevis Beine auf die Seite schob, um auf dem Bett Platz zu nehmen. Die Mechanik quietschte, als das ganze Gewicht auf der Matratze landete.

»Wir wollen nicht lange stören. Jetzt is ja eh gar keine Besuchszeit«, stammelte Hirlinger verlegen. »Gott sei

Dank ist nichts Schlimmeres passiert. Jetzt sind wir beide wieder ruhiger, gell?« Er vergrub seine Hände in den Hosentaschen. »Fräulein Schosi, wollen wir uns jetzt ned lieber wieder auf den Heimweg machen?«

Die Angesprochene ignorierte ihn. »Was sagt denn der Arzt, Fräulein Unterprammer? Wird was bleiben? Also ich mein, also äh … Sie werden scho' wieder laufen können, oder? Mei, heutzutage kann ma' ja alles reparieren, und die Prothesen schauen inzwischen a nimmer aus, als wären sie Ersatzteile. Viele kann man gar nimmer von echten Körperteilen unterscheiden.« Während Fräulein Schosi nach ihrer Tasche griff und anfing, darin etwas zu suchen, streckte Vevi in einer kleinen Bewegung stumm ihre Handflächen Hirlinger entgegen und fragte damit nonverbal, auf welche Weise sie Fräulein Schosi dazu bringen könnte, sie in Ruhe zu lassen. Leider zuckte Hirlinger, wie bereits zuvor, nur mit seinen Schultern. Auch er war mit seinem Latein am Ende.

»Tata! Na, wer sagt's denn.« Fräulein Schosi hatte gefunden, wonach sie gesucht hatte. Stolz präsentierte sie Vevi einen ausgebeulten braunen DIN-A4-Briefumschlag. »Schauen S', Schwester, ähhh Fräulein Unterprammer. Das hier ist ein Beinwell Tee, den hab ich aus meiner Sammlung für Sie mitgebracht. Beinwell ist eine alte Heilpflanze, die Knochenbrüche und äußere Verletzungen wie Wunden und Kratzer schneller heilen lässt. Verwendet wird vor allem die Wurzel, aus der sich leicht eine Salbe herstellen lässt. Die hilft bei Prellungen, Stauchungen und so weiter. Aber ma' kann ihn auch als Tee genießen. Des ist ein wahres Wundermittel. Hilft gegen Fieber, Husten und was weiß ich no' alles. Und die Falten soll er auch verringern. Ich geb des nachher gleich den Schwestern draußen, die werden Ihnen dann stündlich den Beinwell aufbrühen. So schnell können S' dann gar ned schauen, wie Sie wieder auf dem Damm sind.« Stolz legte sie den braunen Umschlag auf Vevis Bauch ab.

»Entschuldigung, wer sind Sie?« Mit fast durchsichtigen Augen und einem Lächeln, das an Naivität nicht zu überbieten war, blinzelte Vevi Fräulein Schosi entgegen.

»Wer ich bin?«, fragte Fräulein Schosi verdattert.

»Ja, wer sind Sie?«

»Fräulein Unterprammer, ich bin das Fräulein Schosi, und das …«, sie deutete hinter sich, »ist der Monsignore Hirlinger.«

»Tut mir leid, aber ich habe Sie im Leben noch nicht gesehen. Sie müssen mich verwechseln.«

Fräulein Schosi bekreuzigte sich. »Heilige Maria, Mutter Gottes.« Hilfe suchend wandte sich Fräulein Schosi dem Monsignore zu. »Sie erkennt uns ned! Was mach ma denn jetzt?«

»Heimgehen! Ich glaub, Vevi braucht einfach bloß a bissal Ruhe.« Er wandte sich zum Gehen, hatte aber nicht mit Fräulein Schosis Entschlossenheit gerechnet, Vevi auf den Stand der Dinge zu bringen und die Heilung ihrer Amnesie zu unterstützen. »Wir sind hier in Altötting. Kennen Sie das noch?«

»Da läuten bei mir keine Glocken.«

»Können Sie sich an Ihr Zuhause erinnern? Oder Ihre Tante?«

Vevi schüttelte den Kopf.

»Wie viel sind zwei plus zwei?«

Der Monsignore trat hinter seine Haushälterin. »Wir gehen! Die Behandlung überlassen wir lieber den Ärzten. Kommen Sie bitte.« Mit angestrengtem Gesicht zog Hirlinger seine Haushälterin am Ellenbogen zu sich hinauf. »Gesegneten Sonntag noch.«

Fräulein Schosi wehrte sich zwar nicht, machte aber auch keine Anstalten, freiwillig das Krankenzimmer zu verlassen. Er legte beide Arme auf ihre Schulterblätter und schob sie zur Tür hinaus.

Vevi feierte ein innerliches Oktoberfest, als sich die Tür hinter ihren Besuchern geschlossen hatte. Zum ersten Mal war sie froh, keine Novizin mehr zu sein und nach Herzenslust schwindeln zu können, was das Zeug hielt.

*

Als Max' Mobiltelefon klingelte, nahm er geistesabwesend das Gespräch an in der Annahme, Herbert Berggump würde ihn zurückrufen, da er Sekunden zuvor nicht rangegangen war. Fäustl widmete sich in der Zwischenzeit wieder den Akten. Max zuckte zusammen, als er Dr. Maria Birlbauers Stimme hörte.

»Wegen Ihnen schulde ich meinem Mann jetzt zwei Schwarzwälder Kirschtorten nach dem Rezept seiner Mutter«, sagte sie. »Aber Sie waren Gott sei Dank nicht der einzige Kommissar, der schnell ein Ergebnis gebraucht hat. Also haben wir hier gleich mehrere Fliegen mit einer Klappe geschlagen.«

»Dr. Birlbauer, ich freue mich, Ihre Stimme zu hören, aber die weiteren Ergebnisse hätten auch bis morgen Zeit gehabt. Schließlich soll jeder sein Wochenende auch genießen dürfen.«

»Passt schon. Aber was ich gefunden habe, könnte vielleicht ausschlaggebend sein.«

Max hörte, wie seine Gesprächspartnerin Luft holte, als hätte sie gleich eine wichtige Ankündigung zu machen. »Die Frau war schwanger.«

In Max zuckte es. Das war mitunter die traurigste Nachricht, die Kriminaler zu verdauen hatten. Mist! Er musste sich zusammenreißen. »Welcher Monat?«, fragte er leise.

»Noch sehr frisch. Fünfte Woche.«

Max begann zu rechnen. »Frau Dr. Birlbauer, vielen Dank, dass Sie Ihr Wochenende geopfert haben.«

»Und das andere: Das Opfer hat sich nicht gewehrt vor seinem Tod. Unter den Fingernägeln ist nichts, und auf ihrem übrigen Körper gibt es keine Kampfspuren. Es ist sehr wahrscheinlich von den Schlägen überrascht worden.«

»Sonst irgendwelche Auffälligkeiten?«

»Diese beiden Ergebnisse habe ich auf die Schnelle gefunden. Ich denke, dass da auch nicht mehr viel kommen wird. Das sage ich aus Erfahrung. Einen schönen Sonntag noch, Kommissar Kramer.« Nach ein paar beiderseitigen Abschiedsfloskeln beendeten sie das Gespräch.

»Fritz, wenn sich der Herbert Berggump nicht binnen einer halben Stunde gemeldet hat, geb ich eine Fahndung raus.« Er hob seine Autoschlüssel. »Komm, wir fahren nach Altötting und statten dem Tatort und seinen Bewohnern noch einmal einen Besuch ab.«

*

Winterstein schlug die Augen auf. Schwerfällige Dunkelheit umgab ihn. Er lag in keinem Zimmer, ja nicht einmal in einem Haus oder einer Wohnung. Er vermisste irgendwelche vertrauten Klänge, die er sonst wahrnahm, wenn er sich in der Horizontalen befand. Stattdessen roch es nach Benzin, und an sein Ohr drang ein metallisches Dröhnen. Plötzlich wusste er, wo er sich befand: in einem Kofferraum. Augenblicklich erfasste ihn Panik. Winterstein wollte sich bewegen, seinen Kopf leicht drehen, aber sein Nacken schmerzte wie die Hölle. Sein Körper war erstarrt. Seine Beine fühlten sich taub an. Langsam kehrten seine Erinnerungen zurück. Koschek, diese Drecksau, hatte ihn vor seinem eigenen Haus niedergeschlagen. Das würde er noch bereuen. In Winterstein flammte ein Hoffnungsschimmer auf. Hatte vielleicht einer der Nachbarn oder seine Frau etwas beobachtet? Sie würde ihn doch sicher vermissen. Nun wurde ihm schmerzlich bewusst, dass seine Frau übers Wochenende zu ihrem Bruder und seiner Familie gefahren war. Er hatte ja unbedingt darauf gedrungen, dass er mal ein Wochenende für sich brauche. Erst heute Abend würde ihr auffallen, dass er nicht zu Hause war. Blieben noch seine Nachbarn, die die Polizei alarmieren könnten. Auch das war nichts als Wunschdenken, denn in seiner Siedlung kümmerte man sich nicht darum, was in und vor den Häusern der anderen vor sich ging. Was für einen Plan verfolgte Koschek?

»Hallo?«, krächzte Winterstein. Es klang dumpf und erstickt. Seine Zunge betastete die Lippen und den Gaumen. Winterstein schmeckte Blut. Er musste sich bei dem Sturz vorher im Gesicht verletzt haben. Ansonsten war sein Mund staubtrocken. Er wollte einen Schluck Wasser. »Hallo«, rief er ein zweites Mal gegen das Motorengeräusch an. Ihm war, als würde sich die Fahrt verlangsamen, und er vernahm das regelmäßige Klicken eines Blinkers. Winterstein wollte seine Hände bewegen, was ihm nicht gelang. Sie waren kalt und taub, als hätte jemand alle seine Nervenstränge durchtrennt. Er startete einen weiteren Versuch. Mist! Koschek hatte ihn an Armen und Beinen gefesselt. Höchstwahrscheinlich mit einem Kabelbinder.

Der Kofferraum begann zu schwanken, der Untergrund schien uneben, und Winterstein schloss daraus, dass sie auf einen Feldweg eingebogen waren. Plötzlich blieb der Wagen stehen. Er hörte, wie die Autotür zugeschlagen wurde. Nach wenigen Sekunden öffnete sich der Kofferraumdeckel und er blinzelte in ein diffuses Licht. Winterstein kniff die Augen zusammen. Vor ihm stand Koschek und wirkte aus dieser Perspektive wie ein Riese. »Hast du dich wieder beruhigt?« Seine Stimme klang so emotionslos, als wäre er nicht wirklich an einer Antwort interessiert.

»Wo bringst du mich hin?«, presste Winterstein hervor.

»Keine Ahnung. Vor einer halben Stunde hatte ich noch nicht einmal vorgehabt, dich in meinen Kofferraum zu sperren, aber du lässt mir ja keine andere Wahl.«

»Ich hätte niemals die Polizei gerufen. Das war ein Witz.« Zu sprechen bedeutete für Winterstein eine extreme Kraftanstrengung. »Komm, Roman, mach mich bitte los, und wir vergessen die ganze Sache.«

»Komischerweise glaube ich dir das nicht. Nein, nein, du bleibst erst mal schön da drinnen, bis mir eingefallen ist, was ich mit dir anstellen werde. Ich habe keinen Bock, in den Knast zu wandern. Verstehst du?«

»Wegen den Ungereimtheiten in der Firma nehme ich alles auf mich, und hiervon muss wirklich keiner erfahren. Mach mich bitte los.«

Koschek überlegte. »Nein.«

»Dann sag mir deinen Preis.«

Von Koschek kam keine Reaktion.

»Jeder hat einen«, wurde Winterstein lauter, was er umgehend bereute, denn durch seinen Körper fuhr ein heftiger Schmerz.

»Jetzt weiß ich, was ich mit dir mache.« Koschek schlug den Kofferraumdeckel wieder zu.

*

»Ich kann nicht mehr«, seufzte Peter Heilker.

»Hör endlich auf, das Weichei zu mimen. Willst du ein guter Journalist sein, oder nicht? Natürlich machen wir jetzt weiter. Alles andere wäre dumm! Wir brauchen ein Statement von der Bayernhomecura.« Das blaue

Licht der Tankstelle auf dem Weg nach Pfarrkirchen verpasste Tino Glaubitz eine Gesichtsfarbe wie Gletschereis. Er stand an der Zapfsäule und Heilker neben ihm, da es seinen Kollegen nicht mehr auf dem Beifahrersitz gehalten hatte. Glaubitz wartete, bis die Benzinzufuhr automatisch stoppte, schloss den Tankdeckel und ging hinein, um zu bezahlen. Als er zurückkam, trug er in der einen Hand einen Pappbecher, aus dem der Kaffee dampfte, und in der anderen einen Longdrink in der Aludose. Er drückte Heilker die hochprozentige Mischung in die Hand. »Trink das! Das hilft beim Entspannen.«

Unschlüssig blickte Heilker auf die kalte Dose. »Ich will das jetzt nicht in mich hineinkippen.«

»Na, wird's bald!«

Heilker drückte den Verschluss in den Deckel, und es zischte kurz, als die angestaute Kohlensäure entwich. Er setzte an und trank ohne abzusetzen aus.

Tino applaudierte stumm. »Na, geht doch.«

An der anderen Zapfsäule parkte ein dunkler Wagen in gegenläufiger Richtung. Der rechte Kotflügel zeigte deutliche Spuren eines Unfalls. Der Fahrer stieg aus und ging um sein Auto herum, um den Tankdeckel zu öffnen. Die Blicke von Heilker und Glaubitz folgten ihm. »Da hat's ganz schön gekracht«, kommentierte Tino den Zustand des Wagens, öffnete anschließend die Fahrertüre und schwang sich vor das Lenkrad. Heilker warf die leere Getränkedose in den Abfalleimer und nahm wieder auf dem Beifahrersitz Platz. Als Glaubitz den Zündschlüssel drehte, schrie Peter plötzlich aus voller Kehle: »Stopp!«

Tino erschrak. »Bist du von allen guten Geistern verlassen? Was geht bei dir?«

»Ich kenn den Typen.« Heilker beugte sich zur Rückbank, um seine Tasche mit der Ausrüstung nach vorn zu holen. »Moment.« In Windeseile hielt er seine Kamera in Händen und scrollte durch den Bilderspeicher. »Hier.« Er drehte den kleinen Bildschirm zu Tino hinüber. »Das ist doch der gleiche Mann?«

Kurz musterte Glaubitz das Bild. »Ja, stimmt.«

»Ich habe den gestern fotografiert, als er das Gebäude verlassen hat, in dem sich auch die Bayernhomecura befindet.«

»Gehört der zu der Firma?«

»Ja, das hat mir Google verraten. Auf der Homepage sind nämlich die Gesichter der beiden Geschäftsführer veröffentlicht.« Aus seiner Tasche kam ein kleiner Notizblock zum Vorschein. »Die heißen Winterstein und Koschek«, sagte Heilker, nachdem er seine Notizen überflogen hatte. »Und der da mit dem kaputten Auto ist Roman Koschek.«

Glaubitz stellte umgehend den Motor ab und zog den Zündschlüssel. »Ist deine Videokamera bereit?«

»Klar.« Heilkers Niedergeschlagenheit war von einer Sekunde zur nächsten wie weggeblasen. »Du willst ihn gleich mit unseren Ergebnissen konfrontieren?«

»Richtig erkannt.« Glaubitz musterte Heilker mit einem amüsierten Blick. »Dir scheint es besser zu gehen. Tut der Alkohol schon seine Wirkung?«

»Nein, aber mein journalistischer Trieb ist wieder da.«

»Auf geht's! Einen besseren Zeitpunkt gibt es nicht.«

Die beiden Männer sprangen aus ihrem Auto und spurteten auf Koscheks Wagen zu. Der war gerade im Begriff, die Zapfpistole zurückzuhängen und den Tankdeckel zu schließen.

»Herr Koschek?«, erhob Tino seine Stimme.

Dem Angesprochenen entglitt ein verdutztes »Ja?«

»Warum gibt die Bayernhomecura Frauen aus Moldawien als Polinnen aus?«

Kaum dass der Satz gefallen war, rannte Koschek zu seiner Fahrertüre, stieg ein und gab Gas, dass die Reifen quietschten. »Hinterher!« Peter und Tino fackelten nicht lange und taten es ihm gleich.

*

»Dass sie mich noch einmal in mein Haus zurückbeordern, ist alles andere als empathisch, meine Herren. Seitdem ich weiß, dass oben jemand ermordet worden ist, ist das nicht mehr mein Zuhause. Mir schnürt es den Hals zu.« Annamirl Leidl-Berggump saß mit Max, Fäustl und Zacharias in ihrer Küche im Erdgeschoss. Ihre Hände zitterten, als sie sich ein zweites Glas Cognac eingoss. »Sehen Sie, wie mich das hier emotional mitnimmt? Ich trinke untertags. Das tu ich sonst nie!«

Sie führte den bauchigen Schwenker zum Mund. Der Alkohol rann ihr brennend die Kehle hinunter und ließ sie etwas besser fühlen. Auf ihrem Gesicht lag ein kalter Schweißfilm. Ihr Herzschlag schien von den Zehen bis zu ihren Haarwurzeln zu hämmern. Annamirl Leidl-Berggump wurde übel, und sie fürchtete, sich bald vor Aufregung übergeben zu müssen, wenn sie nicht umgehend zu einem weiteren Cognac griff. Sie fror, obwohl die Heizung unter dem Fenster voll aufgedreht war.

Max berührte kurz ihren Oberarm, um sie zu beruhigen. »Wir werden mit Ihnen und Ihrem Mann durch das Haus gehen, um ein paar Fragen zu klären und den Tathergang zu rekonstruieren. Danach müssen Sie es nie wieder betreten, wenn Sie nicht wollen.« Er sah auf seine Armbanduhr. »Ihr Mann hat mir am Telefon gesagt, dass er in ungefähr zehn Minuten bei uns ist.«

Draußen dämmerte es bereits. Die Laternen vor dem Haus und in der Nachbarschaft flammten auf. Max sah seinen Kollegen Fäustl an. Es war an der Zeit.

»Wussten Sie, dass Frau Mazur schwanger gewesen ist?«, fragte Fäustl ohne Vorwarnung.

Annamirl Leidl-Berggump griff wieder zur Flasche und goss sich nach. »Nein. Ich habe mich nicht um ihr Privatleben gekümmert.« Sie kippte das gefüllte Glas in einem Zug in sich hinein. »Das ist ja furchtbar.«

Wenn Max in einem Protokoll ihre Reaktion hätte beschreiben müssen, wären Wörter wie beherrscht, unempathisch und eiskalt darin vorgekommen.

»Und Sie?«

Als das Wort an Zacharias gerichtet wurde, hob er seinen Rücken von der Stuhllehne, und sofort erschien er Max um ein paar Zentimeter größer.

»Nein. Wir haben zwar manchmal zwischen Tür und Angel ein bisschen gequatscht, wenn ich zu Hause war, aber für ein wirklich intensives Gespräch war ich einfach zu selten vor Ort.« Zacharias Miene zeigte so viel Unsicherheit, dass Max nachhakte. »Wie oft haben Sie sich denn unterhalten?«

Zacharias seufzte. »Puh! An so dreimal kann ich mich erinnern. Sie hat von einem Bruder namens Peter erzählt und von polnischem Essen, das ihr fehlt. Und dann haben wir uns halt durch das Übliche geplänkelt, wie Wetter und ob es meiner Oma gut geht.«

»Hatten Sie mit ihr ein Verhältnis?«

»Nein.« Über Zacharias' Gesicht huschte ein amüsiertes Lächeln. »Nicht mein Typ.«

Max glaubte ihm. Zacharias Reaktion hatte in diesem Punkt eine Wahrhaftigkeit angenommen, die er nicht in Zweifel zog.

Vom Gang her hörten sie das Rasseln eines Schlüsselbundes, der im Schloss der Eingangstüre umgedreht wurde. Annamirl Leidl-Berggump fuhr nach oben. »Das muss mein Mann sein.«

Herbert Berggump betrat wenige Augenblicke später die Küche, begrüßte alle mit einem Nicken und wollte seiner Frau einen Kuss auf die Wange geben, was diese jedoch nicht zuließ und sich wegdrehte. »Du stinkst«, sagte sie trocken.

Fäustl und Max wurden hellhörig. Die Situation war mit einem Mal so aufgeladen, dass beide sicher waren, gleich würde es einen riesigen Knall geben. Als Herbert einen Schritt zurücktrat, drehte sie sich in seine Richtung, hob die Hand und schlug ihm ins Gesicht. Herbert blieb versteinert stehen, während Fäustl ein strenges »Sie hören sofort auf damit!« brüllte. Der Ton, den er anschlug, duldete keinen Widerspruch. Zacharias erstarrte mit aufgerissenen Augen.

»Du Schwein«, schrie Annamirl Leidl-Berggump. »Du verdammter Arsch! Mit diesem verdammten Flittchen, das du unbedingt bespringen musstest. Ist dir eigentlich bewusst, was du angerichtet hast?«

Herbert wirkte vollkommen überfahren. Auf seiner Wange zeichneten sich die Finger der rechten Hand seiner Frau ab.

»Bist du übergeschnappt?«, fragte er schließlich und schluckte schwer.

»Du meinst, dass ich verrückt bin? Na ja, es wäre kein Wunder, wie du mich die letzten Jahre behandelt hast.« Ihre Stimme hatte einen schmerzenden, schrillen Ton angenommen.

Max verstand, dass sich im Lauf der Zeit bei ihr viele Wunden angesammelt hatten, die nun wieder aufbrachen. Wie ein Damm, der plötzlich gebrochen war, gab es für Annamirl Leidl-Berggump kein Halten mehr. »Du hast mich nie gegen deine Mutter verteidigt. Nie! Du bist immer auf ihrer Seite gewesen, obwohl ich dich gebraucht hätte. Du hast die Augen davor verschlossen.«

Herbert Berggump wollte seiner Frau zur Beruhigung seinen Arm um die Schulter legen, doch sie schüttelte diesen sofort wieder ab.

»Lass das jetzt. Du riechst sogar nach einer anderen Frau, dass du dich nicht schämst! Wenigstens duschen hättest du vorher können, wenn du uns wieder mit deiner Anwesenheit beglückst. Sag mal, schämst du dich nicht vor deinem eigenen Sohn?«

»Was soll das Ganze?« Nun wurde auch Herbert wütend, was Max und Fäustl in Alarmbereitschaft versetzte. Die Situation durfte auf der einen Seite nicht weiter in körperliche Gewalt eskalieren, aber auf der anderen waren solche Konfrontationen für sie als Ermittler Gold wert, denn hier lag höchstwahrscheinlich der Knackpunkt des Falles. Max wunderte sich, dass Annamirl Leidl-Berggump nicht lauthals losweinte. Sie tat es nicht, und ihre Stimme hatte mit einem Mal den schrillen Klang verloren. Ihr Blick und ihre Worte waren kalt und klar.

»Du hast meine Welt in einen Scherbenhaufen verwandelt. Du hast alles mit Füßen getreten, woran ich geglaubt habe. Du hast mich behandelt, als wäre ich nur irgendeine in deinem Leben, und dabei bin ich deine dir angetraute Ehefrau. Und dass du unsere Pflegerin geschwängert hast, ist wirklich der Gipfel. Warum musst du alles bespringen, was deinen Weg kreuzt? Kannst du mir das sagen?« Sie tat einen Schritt auf den Tisch zu, um wieder zum Cognac zu greifen. Diesmal machte sie sich nicht mehr die Mühe, die Flüssigkeit in ein Glas zu füllen. Sie trank aus der Flasche, und an den darin aufsteigenden Blasen erkannte Max, dass sie einen ordentlichen Zug an den Tag legte.

»Meine Herren«, lallte sie und wischte sich mit ihrem Handrücken den Mund ab. »Ich bin davon überzeugt, dass mein Mann Frau Mazur umgebracht hat, weil sie von ihm schwanger war.«

Alle Augen richteten sich auf Herbert. Bleich und bemitleidenswert stand er mit hängenden Schultern in der Ecke seiner Küche. »Ja, sie war von mir schwanger«, sagte er mit halb erstickter Stimme. »Aber ich habe sie geliebt.«

Annamirl Leidl-Berggump stieß einen hysterischen Schrei aus. »Dass ich nicht lache!«

VIII. ZUCKERSÜSS

Vevi hatte den Tag über gedöst, doch war sie nie in den Tiefschlaf abgeglitten. Ihr Körper zuckte bei jeder Stimme, die sie auf dem Gang wahrnahm, oder bei jedem Knarzen, das ihr Krankenhausbett von sich gab. Ihre Augen waren geschlossen und sie lauschte. Hörte ihren Herzschlag und das Blut in ihren Ohren rauschen. Dachte an ihre Lieblingsband, deren Songs in Fetzen in ihrem Kopf auftauchten. Sie blinzelte in ihr Zimmer, in dem das Licht ausgeschaltet war. Auf ihrem Nachttisch stand kein Telefon. Auch eine Fernbedienung für den Bildschirm an der Wand fehlte. Wo war ihr Mobiltelefon? Anscheinend wollten die Krankenhausangestellten jegliche Verbindung zur realen Welt kappen. Nur ein Notfallknopf baumelte über ihr.

Hinter ihrer Stirn flammte unerwartet ein Bild auf. Zuerst war es nur eine flüchtige Erinnerung, die gleich wieder verschwand, aber nach ein paar Sekunden kam sie zurück und blieb etwas länger. Was war das? Zu dem Bild gesellte sich plötzlich ein Geräusch. Dieser winzige Augenblick, der vorher tief vergraben in ihr war, wandelte sich zu einer längeren Szene. Sie sah sich straucheln, den Fahrbahnrand auf sich zukommen, ihr Fahrrad über den Asphalt gleiten, und zum Schluss blickte sie auf ein Pfarrkirchner Nummernschild, das sich in der Ferne verlor. Nervös rappelte sich Vevi in die Sitzposition. Ihr Kopf tat weh. Kurz entschlossen läutete sie nach der diensthabenden Krankenschwester, die keine Minute später ihr Zimmer betrat.

»Wo ist mein Telefon?«, fragte Vevi aufgebracht. »Ich muss dringend einen Anruf tätigen.«

»Frau Unterprammer, Sie müssen sich ausruhen. Sie sollten Ihr Telefon nicht benutzen und auch nicht fernsehen. Ihr Gehirn braucht Ruhe und keine Ablenkung durch grelle, schnelle Bilder.«

»Ich muss mit der Polizei sprechen.«

Die Schwester zögerte und schien zu überlegen, was sie nun tun sollte.

»Es ist dringend. Bitte!« Vevi faltete ihre Hände, um durch diese Geste ihrem Ansuchen Nachdruck zu verleihen.

Die Schwester ließ sich erweichen. »Ihre Tante hat Ihr Mobiltelefon an sich genommen, aber den Anruf bei der Polizei kann ich für Sie erledigen.«

»Rufen Sie in der Kriminalpolizeistation Mühldorf an. Verlangen Sie Oberkommissar Kramer und sagen Sie ihm, dass mir das Kennzeichen eingefallen ist.«

»Gut.« Im Laufschritt verließ die Krankenschwester Vevis Zimmer.

*

»Was machen wir, wenn wir ihn einholen? Wir können ihn ja schlecht von der Straße drängen.« Heilker klammerte sich an den Beifahrersitz.

»Wir schauen, dass wir an ihm kleben bleiben. Irgendwann muss er halten, dann stellen wir noch mal unsere Fragen.«

»Wir werden keine Antwort bekommen.«

»Anfänger! Hast du heute deinen Verstand beim Aufstehen im Bett gelassen?«, schnauzte Glaubitz, während sich seine Finger um das Lenkrad krampften. »Das gibt gute Bilder.«

Koschek gab ordentlich Gas, aber die beiden Journalisten ließen sich nicht abschütteln. Hoch konzentriert steuerte Glaubitz den Wagen auf der Bundesstraße dreihundertachtundachtzig Richtung Pfarrkirchen. Auch in den kleineren Ortschaften, die sie passierten, zeigte ihr Tacho mehr als hundert Kilometer in der Stunde an.

Koschek wurde vor ihnen langsamer, der Gegenverkehr dichter. Ihr Vordermann wurde durch einen Lastwagen ausgebremst. Auf der Heckklappe prangte der Schriftzug eines lokalen Schlachthofs. Immer wieder scherte Koschek nach links aus, um zu überholen, aber die dichte Autoschlange auf der entgegengesetzten Fahrtrichtung hinderte ihn daran, vorbeizufahren.

»Scheiß Lastwagen«, schimpfte Glaubitz. »Was hat der am Sonntag auf der Strecke verloren?«

»Ich tippe auf verderbliche Ware. Reg dich ab. Das ist jetzt unser Glück in dem Fall.«

»Hol die Kamera raus. Nicht, dass uns nachher wichtige Sekunden verloren gehen«, forderte Glaubitz seinen Kollegen auf.

»Die läuft schneller, als dir lieb ist.« Heilker sah zu seinen Füßen, wo er bereits seine Tasche postiert hatte. Mit wenigen Handgriffen hatte er seine Kamera einsatzbereit.

»Mach ein Video«, drängte Glaubitz.

»Das bringt hier nichts. Lichtverhältnisse beschissen, und dann dieses unruhige Geschaukel.« Heilker konnte nur mit Mühe seinen Satz beenden, denn er traute seinen Augen nicht. Die Szene war surreal. Koschek begann wieder ein Überholmanöver, obwohl die Scheinwerfer des Gegenverkehrs schon bedrohlich nahe waren. Im letzten Moment entschied Koschek, seinen Wagen auf die eigene Spur zurückzulenken, doch er riss das Steuer zu weit nach rechts, dass er von der Fahrbahn abkam und eine Böschung hinunterfuhr. Seine Reifen gruben sich in das Erdreich, und es sah aus, als würde der Wagen ein Feld umackern.

Glaubitz setzte den Warnblinker und drückte auf die Bremse, dass es Heilker aus seinem Sitz hob.

Koscheks Auto kam nicht ganz hundert Meter weiter an einem Baum zum Stehen.

»Mehr Glück als Verstand«, kommentierte Glaubitz den Ausgang der Szene. »Also, lass die Kamera laufen. Video und Bilder. Ich setze derweil einen Notruf ab.«

*

Fäustl hatte sein Mobiltelefon in der Küche der Berggumps auf den Tisch gelegt. »Ich möchte Ihnen etwas Kurzes vorspielen.«

Gebannt blickten Annamirl, Herbert und Zacharias auf das Display, auf dem »Audio-File-Mazur-1« stand. Max beobachtete von der Spüle aus die Gesichter der Familie. Er wusste, was gleich folgen würde. Aus Fäustls Lautsprecher drang ein Rascheln, dann eine männliche Stimme, bei der Max und Fäustl Stein und Bein schworen, dass sie zu Herbert Berggump gehörte.

»Ich liebe dich. Du musst mir glauben, dass ich eigentlich nicht der Typ bin, der sich von seinen Gefühlen übermannen lässt, aber du bist in dieser wahnsinnig kurzen Zeit zu meinem wichtigsten Menschen geworden.«

»Widerlich«, zischte Annamirl Leidl-Berggump zwischen ihren Zähnen. Dieses eine Wort klang so hasserfüllt, dass Max eine Gänsehaut davon bekam.

»Das sind doch Sie, Herr Berggump, oder täusche ich mich da?« Fäustl lehnte sich in seinem Stuhl zurück. Von Herbert kam keine Reaktion. »Wir haben das auf Frau Mazurs Handy gefunden.«

In Zacharias kam Bewegung. »Papa, du bist echt das Letzte.«

»Wussten Sie von diesen Aufnahmen?«, schaltete sich nun Max dazwischen.

»Wer, ich?« Zacharias drehte sich um.

Max schüttelte den Kopf. »Nein, ich meine natürlich Ihren Vater. Also?«

Herbert Berggump hatte sich dazu entschlossen, weiter zu schweigen. Trotzig wie ein Kind hatte er seine Arme vor dem Oberkörper verschränkt und den Blick auf seine Knie gerichtet.

»Dann lassen Sie mich die Frage tatsächlich an Sie richten.« Max suchte wieder Zacharias' Blick. Der schüttelte vehement seinen Kopf.

»Wenn Sie mich fragen, ob ich es geahnt habe, dann ist das was anderes, aber wenn Sie mich fragen, ob ich es gewusst habe, dann ein klares Nein.«

Max wurde durch das Vibrieren seines Telefons unterbrochen. Nachdem er gesehen hatte, dass es sein Chef Veit Kunfter war, entschuldigte er sich bei den Anwesenden, ging auf den Gang und nahm den Anruf an. »Ja, was gibt's?«

»Kramer, jetzt überschlägt sich alles. Wo sind Sie?«

»Noch mal am Tatort.«

»Also wir haben hier eine Autonummer bekommen. Sie wissen schon … die von der Fahrerflucht heute.«

»Was?«

»Aus Altötting. Das Klinikum hat sich bei uns gemeldet. Ihre Bekannte konnte sich plötzlich daran erinnern und hat uns das Kennzeichen durch eine Krankenschwester übermitteln lassen. Wir haben natürlich umgehend bei den Pfarrkirchner Kollegen angerufen und um Amtshilfe gebeten. Sie wissen schon, dass die mal kontrollieren, ob das Fahrzeug bei seinem Halter steht und zufällig Unfallspuren aufweist, aber so weit sind wir gar nicht gekommen.«

»Nein?« Max tat sich schwer, seinem Chef zu folgen. Er war beschäftigt, seine Wut unter Kontrolle zu bringen, die sich in seinen Adern ausbreitete, seitdem er wusste, dass das Schwein, das Vevi verletzt hatte, nun bereits ermittelt war.

»Nein, Kramer! Denn dieses Auto hat vorhin einen weiteren Verkehrsunfall verursacht. Zeugen des Ganzen sind die beiden Journalisten, die uns heute einen Besuch abgestattet haben.«

»Aha, die Journalisten.«

»Kramer, es geht nicht um die Journalisten«, brüllte Kunfter am anderen Ende der Leitung.

»Sondern?« Es fehlte nicht mehr viel und Max würde seinem Chef ebenso laut begegnen.

»In dem Wagen hat sich neben dem Unfallverursacher noch eine zweite Person befunden. Halten Sie sich fest! Im Kofferraum! Allem Anschein nach: eine Entführung. Und jetzt raten Sie mal, wem dieser Wagen gehört?« Kunfter beantwortete sich seine Frage mit dem nächsten Atemzug. »Einem der Geschäftsführer der Bayernhomecura.«

Diese Information traf Max wie ein Blitz. »Im Ernst?«

»Schwingen Sie und Polizeihauptmeister Fäustl sofort Ihren Arsch dorthin!«

»Gut, Chef. Allerdings habe ich hier einen Mann, den ich inzwischen für äußerst verdächtig halte, der Mörder von Aneta Mazur zu sein.«

»Kramer, ich denke eher, dass die Lösung des Falles Mazur stark mit dem Unfall in Pfarrkirchen verquickt ist.«

»Chef, es handelt sich um Mazurs Arbeitgeber. Ich denke, dass …«

Kunfter unterbrach ihn. »Den sollen die Grünen aus Altötting zu uns auf die Station nach Mühldorf bringen. Um diesen Herrn können Sie sich nachher auch noch kümmern, falls es dann noch wichtig ist. Bis später, Kramer.« Kunfter legte auf.

Als Max mit hochrotem Kopf zu den anderen zurückkehrte, setzte er Herbert Berggump, seine Frau und Zacharias davon in Kenntnis, dass sie von der Polizei Altötting nun nach Mühldorf gebracht würden, um ihre Vernehmung dort fortzusetzen. Auf Fäustls fragenden Blick reagierte Max mit einem knappen »Später«.

Zacharias hob seinen Finger, um anzudeuten, dass er noch etwas zu sagen hätte. Max nickte ihm aufmunternd zu.

»Wie lange wird das dauern?«

»So lange es eben dauert. Gehen Sie mal von einer paar Stunden aus.«

»Irgendeiner muss zu Hause bleiben, wir können meine Oma nicht komplett allein lassen.«

»Vierundzwanzig Stunden muss aber niemand neben ihr sitzen, oder?«

Annamirl Leidl-Berggump verneinte. »Die ist zäh«, schloss sie an.

»Dann wird einer der Altöttinger Kollegen hierbleiben, bis jemand vom Sozialdienst eintrifft. Wir kümmern uns darum.« Fäustl griff zu seinem Telefon.

*

Der Unfallort lag direkt neben der Bundesstraße auf halber Strecke zwischen Eggenfelden und Pfarrkirchen in der niederbayerischen Einöde. Zehn Minuten von beiden Ortschaften entfernt. Die winterliche Dunkelheit hatte am Spätnachmittag von der Gegend nun komplett Besitz ergriffen. Alles wirkte trostlos. Fäustl saß am Steuer.

»Jetzt tritt endlich aufs Gas!« Max griff zum Lenkrad herüber und drückte auf die Hupe.

»Finger weg!«, zischte Fäustl. »Ich fahre. Mach des noch einmal, und ich schmeiß dich bei der nächsten Bushaltestelle raus. Erstens, ich verstehe deinen Ausnahmezustand. Zweitens, wirst du dich jetzt beruhigen. Drittens, ähhh …« Fäustl hielt inne. »Fällt mir jetzt nicht mehr ein, was ich sagen wollte. Aber du musst runterkommen, Kramer! Ernsthaft!« Fäustl wechselte die Spur und überholte einen Audi.

Max zog sich blass auf den Beifahrersitz zurück, schob diesen nach ganz hinten, damit seine Beine genügend Freiraum hatten, und atmete laut ein und aus.

»Entspann dich«, mahnte Fäustl.

»Bin dabei«, sagte Max zwischen einem seiner auffälligen Atemzüge.

»Ich bin echt gespannt, was hinter dieser Entführung bei der Bayernhomecura steckt«, sagte Fäustl.

Max zerrte an seinem Sicherheitsgurt, als würde ihn dieser erwürgen. »Ich bin eher gespannt, wie dieses Schwein aussieht, das Vevi über den Haufen gefahren hat.«

Fäustl riskierte einen Blick auf seinen Beifahrer, um nach einer Sekunde umgehend seine Augen wieder auf die Fahrbahn zu richten. Hoffentlich hatte er sich nachher beim Unfallort im Griff. Sie wussten noch nicht, ob es Verletzte gegeben hatte und ob diese schon weggebracht worden waren. Fäustl beeilte sich, dorthin zu gelangen. Er war sich unschlüssig, ob das die Lösung des Falles Aneta Mazur sein würde, denn wie Max hegte er den starken Verdacht, dass Herbert Berggump der Täter war. Er hatte so viel zu verbergen, dass es nicht mehr lange dauern würde, bis er sich in der Vernehmung in Widersprüche verstrickte.

»Lass uns mal ein bissal überlegen, bis wir dort sind. Laut Navi haben wir noch ein paar Minuten«, sagte Fäustl in einem ruhigen Ton, um Max nicht noch weiter anzustacheln. »Warum hat die Mazur das Kleid angezogen? Des is für mich scho' einer der Knackpunkte der ganzen Geschichte.«

Max sah aus dem Fenster. Draußen in der Dunkelheit flog die Landschaft vorbei. Die Heizung im Dienstwagen lief auf Stufe vier, bald würde ihm das zu warm werden. »Ja, mei'… Warum zieht man etwas an, das einem nicht gehört? Weil man möchte, dass es einem irgendwann gehört.«

Fäustl stieß einen kleinen Pfiff aus. »Sie hat das Kleid angezogen, weil sie sich Hoffnungen gemacht hat, dass die g'schlamperte G'schicht mit dem Berggump vielleicht doch noch etwas Ernstes werden könnte.«

Der Gegenverkehr war eine schier endlose Reihe an Scheinwerfern.

»Stell dir die Situation Bild für Bild vor. Eine junge Frau sieht das wunderschöne Kleid ihrer Konkurrentin. Sie schlüpft hinein, schaut sich im Spiegel an, dreht sich hin und her und denkt dabei, ich sollte anstatt der anderen auf diesen Silvester-Ball gehen.«

»Bist du jetzt bei Aschenputtel?«, sagte Fäustl.

»Ja, fast so wie Aschenputtel. Nur ohne Tauben und ohne Stiefschwestern, aber mit einer Schwiegermutter im Nebenzimmer. Wenn ich das so betrachte, wirkt es auf mich total schlüssig, warum sich Aneta Mazur das neue Abendkleid der Leidl-Berggump überwirft.«

»Der Vergleich mit dem Märchen hinkt etwas, aber die Affäre mit dem Hausherrn erklärt, warum sie laut diesem Journalisten öfter als nötig zu ihren Arbeitgebern zurückgekehrt ist.«

»Genau.«

»Und diese Bayernhomecura?«

»Die sind wirklich draufgekommen, dass sie einen Maulwurf unter ihren Pflegerinnen haben.«

»Menschen haben schon für weniger getötet.«

»Aber nicht in diesem Fall.«

»Woher wusste die Bayernhomecura von der Journalistin?«

»Vielleicht durch eine der anderen, die sich irgendwas erhofft hat, wenn sie die Mazur bei denen hinhängt. Oder aus einem Gefühl heraus, oder was weiß ich. Oft liegt so was an einem dummen Zufall, wie öfter im Leben.«

Fäustl wurde langsamer. Das Navi machte sich bemerkbar: »In fünfhundert Metern haben Sie das Ziel erreicht.«

»Kramer, du baust jetzt da keinen Scheiß, gell!«

Max zuckte mit den Schultern. »Für wen hältst du mich?«

»Ich mein ja bloß.«

*

»An ei'm Sonntagabend frisches Gemüse oder Obst zum Versaften hergriang? Des is genauso aussichtsreich, wie einem Hendl das Sprechen beizubringen. Hätt ich mir eigentlich gleich denken können. Manchmal bin ich tatsächlich naiv.« Fräulein Schosi presste dem Monsignore eine halbe Zitrone in ein dampfendes Glas Wasser. Dann griff sie zu einem Gewürzstreuer und fügte eine große Menge Currypulver hinzu. »Für die Abwehrkräfte«, sagte sie und grinste dabei so stolz, als ob sie das siebte Weltwunder zubereiten würde. In ihrem gelben Lieblingsgewürz steckte alles drin, was man für eine gesunde Ernährung brauchte. Man konnte gar nichts falsch machen.

So viel Selbstreflexion war Hirlinger bei seiner Haushälterin nicht gewohnt. Normalerweise setzte sie ihre Pläne immer in die Tat um, koste es, was es wolle. Deshalb war er seit der angekündigten Saftkur in heller Aufregung, was Fräulein Schosi anstellen könnte, um diese Drohung wahr zu machen. Er bemerkte ein unangenehmes Ziehen an seinem Zungengrund und bekam es mit der Angst zu tun. Vor allem, da er sich ziemlich sicher war, dass ihn seine Haushälterin zwingen würde, ihr Gebräu ohne ein Murren in sich hineinzukippen, da es angeblich seiner Gesundheit diente. In seinem Inneren wünschte er sich gerade nichts sehnlicher, als dass Fräulein Schosi ihr Zitronenwasser durch eine ordentliche Brotzeitplatte ersetzen würde. Frommes Wunschdenken! Seine Haushälterin bereitete für sich das identische Getränk zu. Kurz schnupperte sie daran, und als sie für gut befunden hatte, was in ihre Nase gestiegen war, hob sie das Glas an. »Prost!«

Hirlinger war nicht fähig, zu dem Zitronenwasser zu greifen. Jede Faser seines Körpers wehrte sich dagegen. Wenn er auch nur einen Schluck nahm, sah er sich in der darauffolgenden Sekunde bereits zur Toilette eilen.

»Na?« Fräulein Schosi sah ihm auffordernd entgegen.

»Schlimm mit der Amnesie von Maria Evita«, schwenkte er auf ein anderes Thema um.

Seine Haushälterin stellte ihr Glas beiseite. »Ja, das arme Fräulein Unterprammer. So ein junger Mensch und dann scho' so verkalkt wie ein Tattergreis.« Sie faltete ihre Hände. »Ich bete inständig, dass sich des wieder gibt. Vielleicht sollte ich ihr ein Ginseng-Präparat vorbeibringen oder einen Knoblauch. Der hat ja auch diesem anderen Greis da sehr geholfen. Wie heißt der noch mal? Sie wissen schon. Dieser Weißhaarige mit dem östlichen Namen.«

Hirlinger zuckte mit den Schultern.

»Na gehen S'. Der alte Mann, der auf der Knoblauchpackung ist. Den mein ich.«

»Ernest Hemingway?«, fragte Hirlinger ironisch, wohl wissend, dass dieser Name seiner Haushälterin nicht geläufig war.

»Ja genau!« Fräulein Schosi hielt inne. »Nein, falsch. Östlich, nicht amerikanisch.« Grübelnd legte sie ihren Zeigefinger ans Kinn. »Ah, jetzt hab ich's: Ivan Rebroff!«

»Sie meinen Ilja Rogoff. Der ist übrigens bloß eine Erfindung der Werbeindustrie.«

»Falsch, Monsignore, ganz falsch. Sie meinen den Sänger Ilja Rogoff, aber ich rede von dem kaukasischen Greis, der hundertdreißig Jahre alt geworden ist, weil er jeden Tag Knoblauch gegessen hat. Und der heißt: Ivan Rebroff.«

Hirlinger rollte mit den Augen. »Wenn Sie meinen.« Plötzlich überkam ihn ein Kichern, weil er sich einen hundertdreißig Jahre alten Ivan Rebroff vorstellte, der mit dem Don-Kosaken-Chor das Wolgalied anstimmte.

»Was ham S' denn jetzt?«, fragte Fräulein Schosi mit unsicherem Gesichtsausdruck.

Schnell hatte sich Hirlinger wieder im Griff. »Ivan Rebroff hieß übrigens im richtigen Leben Hans Rolf Rippert.«

»Ach, sind seine deutschen Vorfahren also in den Kaukasus ausgewandert? Faszinierend.« Die tiefe Weisheit des Monsignore war für Fräulein Schosi jedes Mal wieder eine Überraschung.

»Ich glaube mich erinnern zu können, dass er in Berlin geboren ist.«

»Na, da täuschen Sie sich! Wie sollte der Ivan Rebroff denn dann in den Kaukasus gekommen sein, um dort Knoblauch anzubauen? Wissen S', Monsignore, manchmal spielen uns unsere Erinnerungen auch einen kleinen Streich. Den verwechseln Sie schon wieder mit dem Ilja Rogoff.«

Hirlinger gab auf. Er hatte im Laufe der Jahre verstanden, dass, wenn Fräulein Schosi einmal ihre Wahrheit gefunden hatte, es nichts gab, was sie davon wieder abbringen konnte.

»Auf alle Fälle bin ich mir sicher, dass Sie weder Knoblauch noch Ginko im Krankenhaus vorbeibringen sollten. Die haben dort mehr als genug Medikamente.«

Da Hirlinger auf den Grund ihres Gesprächs zurückgekehrt war, fiel auch Fräulein Schosi wieder ein, dass sie eigentlich mit dem Curry-Zitronen-Wasser anstoßen hatte wollen. Als sie das Glas diesmal in die Höhe reckte, wehrte Hirlinger allerdings ab. »Nein, ich werde das nicht trinken.«

Fräulein Schosi blieb der Mund offen stehen.

»Und ich möchte meinen Advent auch nicht mit einer Saftkur verbringen.«

»Aber …«

Hirlingers Hand schnellte nach oben zum Zeichen, dass er noch nicht zu Ende war. »Egal, für wie gesund Sie das ganze Zeug halten.«

»Aber der Advent ist ja eigentlich Fastenzeit«, entgegnete Fräulein Schosi. »Und Fasten verlängert das Leben. Das weiß ich aus dem Apotheken Magazin, und im Frauenbund sagt das auch jede.«

»Ältere Menschen, Schwache und Kranke sind vom Fastengebot ausgenommen. Und ich erlaube mir, nun darauf zu bestehen, dass ich schon seit Jahren zur Gruppe der Pensionäre zähle.«

»Aber …«

»Schluss!« Hirlingers Faust schlug wie eine Granate auf dem Küchentisch ein, dass sein Glas davon in die Höhe sprang. Von seiner Kraft selbst überrascht, spielte er mit dem Gedanken, sich zu entschuldigen. Doch nach einer kurzen Diskussion mit sich selbst fand er seinen Ausbruch durchaus angebracht. Schließlich war er der Herr im Haus. Also meistens. Na gut, eigentlich geschah hier, was Fräulein Schosi für richtig erachtete, aber damit war nun ein für alle Mal Schluss. »Fräulein Schosi!«

Mit großen Augen stierte ihn seine Haushälterin an. Stocksteif saß sie auf ihrem Stuhl, rieb die Lippen aufeinander, als wolle sie Lippenstift gleichmäßig verteilen, und brachte schließlich ein zögerliches »Ja« heraus.

Hirlinger holte tief Luft, und als er gerade anfangen wollte, ein paar grundsätzliche Dinge über ihr Zusammenleben klarzustellen, verließ ihn der Mut, beziehungsweise traf ihn der Blick von Fräulein Schosi in Mark und Bein. Sie tat alles nur aus wirklicher Besorgnis um seine Gesundheit, das wusste er. »Können wir uns einfach ganz normal ernähren? Keine Saftkur, kein Low Carb, keine ayurvedischen Experimente? Ich mag die bayerische Küche, und wenn Sie a bissal am Fett sparen, dann ist es auch nicht ungesund. Geht das?«

»Freilich. Ach, Monsignore, sag'n S' halt einfach was.«

Das hatte sich der Monsignore schwieriger vorgestellt.

Fräulein Schosi griff nach beiden Gläsern und trug sie zum Ausguss hinüber.

*

In den Baumkronen der Weiden, die Richtung Rott lagen, verfing sich das Blaulicht der Polizeiwagen, die den Unfallort absicherten und dafür sorgten, dass alle vorbeifahrenden Fahrzeuge ihre Geschwindigkeit drosselten. Immer wieder schimmerte es blau in den fasrigen Kronen, wie bei einem Leuchtturm, der in regelmäßigen Abständen das Licht auf das Meer hinauswarf.

Der beschädigte Wagen war die Böschung hinuntergerauscht und an einem Stamm eines nicht näher zu identifizierenden alten Baums zum Stehen gekommen. Der Fahrer war eingeklemmt gewesen, aber nicht schwer verletzt, und so verhielt es sich auch mit seinem Opfer, das die Verkehrspolizei im Kofferraum gefunden hatte. Im Protokoll stand, dass der Mann namens Winterstein durch Klopfen und Rufen auf sich aufmerksam machen konnte. Beide wurden in zwei unterschiedlichen Krankenwagen am Fahrbahnrand versorgt. Die Feuerwehr packte ihre Sachen ein und sortierte ihr Gerät, das sie benötigt hatte, um sowohl die Fahrertür als auch den Kofferraum aufzustemmen.

Ein junger Kollege hatte Max und Fäustl in Empfang genommen. Er hielt ein Klemmbrett, auf dem er das Protokoll stichpunktartig festgehalten und eine Skizze vom Unfallhergang angefertigt hatte. Er deutete auf ein weiteres Auto oben an der Straße.

»Das sind die beiden Herren, die direkt hinter dem Unfallfahrer waren, als es passiert ist. Angeblich zwei Journalisten, die schon bei Ihnen gewesen sind. Klingt alles so ein bisschen nach Verfolgungsjagd. Räuber und Gendarm oder Super-Mario-Kart …«

Max streckte ihm drei Finger entgegen. »In drei knappen Sätzen. Was ist passiert?«

Der Polizist schnappte nach Luft. »Bitte? Das kann ich nicht.«

»Dann lernen Sie es eben«, sagte Max barsch.

Fäustl sah den unbekannten Polizisten mitleidig an und tippte Max auf die Schulter. »Kramer, ich weiß, dass es für dich gerade schwierig ist. Aber gibt's dich auch in freundlich?«

Max suchte den Boden nach einem Loch ab, in das er zufällig hätte versinken können. »Entschuldigen Sie bitte. Das sollte nicht so unverschämt rüberkommen. Fangen wir noch mal an.« Er streckte dem Kollegen zur Begrüßung seine Hand entgegen. »Kramer, Kripo Mühldorf.«

Der Polizist lächelte zurück. »Mittermaier Mane, Polizeiinspektion Pfarrkirchen.« Die beiden Männer schlugen ein. Kurz blätterte Mittermaier durch die Seiten, die das Klemmbrett zusammenhielt, und gab anschließend Max und Fäustl eine Zusammenfassung der Geschehnisse und nannte die Namen aller Beteiligten, begleitet von Atemwolken. Inzwischen hatten sich die Temperaturen nach Sonnenuntergang unter den Nullpunkt bewegt. Max fröstelte und vergrub die Finger immer tiefer in seinen Taschen. »Gut«, sagte er, als

Mittermaier mit seinem Bericht geendet hatte. Der Polizist zog seine Mütze und ging zurück zu seinen Kollegen, die sich an der Straße versammelt hatten.

»Wen zuerst?«, fragte Fäustl.

»Ich bin für Koschek und Winterstein. Journalisten zum Schluss«, antwortete Max.

Zum Zeichen, dass er damit einverstanden war, wies Fäustl mit seiner ausgebreiteten Hand zu den beiden Krankenwagen hinauf. Das Gras, durch das sie stapften, war feucht und kalt, allerdings noch nicht gefroren, und von den Reifenspuren des Unfallwagens gezeichnet. Im erleuchteten Inneren sahen sie beide Männer, die jeweils von einem Sanitäter umsorgt wurden und eine goldene Wärmefolie um ihre Körper geschlungen hatten. Winterstein hatte bereits einen Zulauf in seinem Armgelenk stecken. Koschek trug Handschellen, und um seinen Krankenwagen standen zwei Kollegen, die ihn nicht aus den Augen ließen. Die Sanitäter redeten beruhigend auf beide Männer ein. Max ging voran und postierte sich als Erstes vor Koschek. Der vermied, irgendjemanden anzusehen, weder Sanitäter noch Polizisten, schwieg und tat auch weiterhin keine Regung, als Max und Fäustl mit gezückten Dienstausweisen direkt vor ihm standen. »Kripo Mühldorf.«

Auf der Ablage in einer Nierenschale aus grauer Pappe befand sich eine leere Spritze. Max wandte sich an den Notarzt, der in diesem Moment an seiner Seite erschien. Bis eben war er noch mit Winterstein im anderen Wagen beschäftigt gewesen.

»Was haben Sie ihm verabreicht?« Max wies mit einer minimalen Geste auf die Nierenschale.

»Nur was gegen die Schmerzen.«

»Ist er vernehmungsfähig?«

»Probieren S' es. Seine Sprache hat er jedenfalls nicht verloren.«

»Herr Koschek. Ist es in Ordnung, wenn wir Ihre Befragung aufzeichnen?«

Keine Reaktion, nicht einmal ein leichtes Zucken seiner Augenlider.

»Wie geht's Ihnen? Haben Sie starke Schmerzen?« Auch Max' Freundlichkeitsoffensive erzielte nicht die gewünschte Wirkung.

Koschek blieb weiter stumm.

»Was wollten Sie heute Vormittag in Altötting?« Wieder nichts. »Können Sie mir sagen, wo Sie gestern früh zwischen fünf Uhr und acht Uhr morgens gewesen sind?«

Koschek schloss seine Augen. In dieser Position verharrte er, ohne die geringste Regung.

Max wechselte mit Fäustl einen Blick. »Hat keinen Sinn.«

Der Notarzt trat beiseite. Max und Fäustl gingen zum nächsten Wagen, in dem Winterstein an der Infusion hing. »Guten Abend. Kripo Mühldorf. Kramer mein Name, und das ist mein Kollege Polizeihauptmeister Fäustl. Sie sind Herr Winterstein?«

Der Angesprochene nickte zaghaft, dann verzerrte er sein Gesicht, griff an seinen Hinterkopf und gab einen schmerzerstickten Laut von sich. »Mein Nacken«, sagte er, nachdem er sich leicht entspannt hatte.

»Wie geht's Ihnen?«

»Ich habe überlebt! Somit also blendend.« Winterstein versuchte zu lächeln.

Max wiederholte wie bei Koschek, ob er mitschneiden dürfe, und Winterstein gab den beiden Kriminalern zu verstehen, dass er dagegen nichts einzuwenden habe. Fäustl startete seine App und hielt Winterstein sein Mobiltelefon entgegen, während Max zuerst die Situation beschrieb, bat er Winterstein im nächsten Schritt um seinen Namen und stellte anschließend die Fragen. »Was ist passiert?«

»Dieses Arschloch da drüben hat mich niedergeschlagen vor meinem eigenen Haus. Als ich wieder zu mir gekommen bin, war ich in seinem Kofferraum gefangen.«

»Wen beschuldigen Sie genau?«

»Diesen Penner da, Roman Koscheck.«

»Was wollte er von Ihnen?«

»Keine Ahnung. Er ist ein paranoider Irrer.«

»Was ist vorher passiert? Also, bevor er Sie niedergeschlagen hat?«

»Da habe ich gedroht, zur Polizei zu gehen.«

»Weswegen?«

»Er hat Fahrerflucht begangen. Als er mir das gestanden hat, habe ich ihm das Messer auf die Brust gesetzt, entweder, habe ich gesagt, stellt er sich, oder ich werde die Polizei informieren. Dann habe ich zu meinem Telefon gegriffen, und plötzlich zieht er mir von hinten eins über.«

»Was hat Herr Koschek Ihnen gegenüber zu dieser Fahrerflucht genau erwähnt?«

»Er hat eine unserer Pflegerinnen in Altötting überwacht. Schon etwas länger. Er hat einen oder zwei anonyme Hinweise bekommen, dass sie unsere Firma ausspionieren würde, und dann ist er ausgetickt. Zuerst konnte ich mir gar nicht erklären, warum, aber jetzt ist mir einiges klar.«

»Und das wäre?«

»Koschek hat manchen Pflegerinnen falsche Arbeitsgenehmigungen beschafft, indem er aus Nicht-EU-Bürgerinnen auf dem Papier EU-Bürgerinnen gemacht hat. Er hat dazu deren Pass-Kopien etwas kreativ verändert. Ich wusste von dem ganzen Treiben nichts. Das war auch ein Grund, warum ich die Polizei rufen wollte. Er wurde panisch und wollte mich umbringen.«

»Zurück zu dieser Fahrerflucht. Hat er dazu irgendwelche Angaben im Detail gemacht?«

»Er hat unsere Pflegerin angeblich mit dieser Frau öfter gesehen. Dass er die dann einfach über den Haufen fährt … wow«, Winterstein seufzte tief. »Ich dachte, ich kenne diesen Mann, aber der ist irre, echt irre!«

Mist! Max' Puls bewegte sich wieder nach oben. Er musste sich beruhigen. Er war, gelinde gesagt, erstaunt, dass in ganz Altötting ausgerechnet seine Freundin mehrmals Kontakt zur Ermordeten gehabt hatte. Ein sonderbarer Zufall. Max zwang sich zu absoluter Konzentration, um diese Befragung optimal zu Ende zu bringen. »Hat Herr Koschek Familie?«

Winterstein schüttelte den Kopf. »Nein, so einen Trottel will doch keiner.«

»Er lebt also allein.«

»Meines Wissens ja.«

»Und haben Sie zufällig eine Ahnung, was er gestern in der Früh gemacht hat, beziehungsweise, wo er sich aufgehalten hat?«

»Sie stellen Fragen, Kommissar.« Ratlos blähte Winterstein seine Backen. »Nein, keine Ahnung.«

»Diese anonymen Hinweise, von denen Sie vorher gesprochen haben …«

»Ja, Koschek meinte, er sei in der Firma von einem Mann angerufen worden. Der hat seinen Namen nicht genannt.«

»Hat er Ihnen gleich davon erzählt?«

»Das weiß ich leider nicht mehr. Aber es ist schon etwas Zeit vergangen seither. Kann sein, dass das gleich nach dem Anruf war, oder auch nicht.« Winterstein zuckte mit den Schultern, was er umgehend bereute und wieder zu seinem Nacken griff.

»Was haben Sie dazu gesagt?«

»Nichts. Herr Koschek ist manchmal paranoid. Damals dachte ich, wir hätten nichts zu verbergen. Jetzt sieht die Sache natürlich anders aus. Inzwischen verstehe ich, warum er sich so verrückt verhalten hat.«

»Herr Winterstein, vielen Dank! Sie haben uns sehr geholfen. Gute Besserung.«

Fäustl speicherte die eben gemachte Aufnahme und folgte Max, der bereits ein paar Schritte beiseite gegangen war, dass sie niemand hören konnte. »Glaubhaft. War's der Koschek?«

Zögerlich trat Max von einem Bein auf das andere. In seinem Kopf wog er alle neu gewonnenen Informationen ab. Wer war dieser anonyme Anrufer? Bisher waren sie davon ausgegangen, dass sich vielleicht eine Kollegin verplappert hatte. »Für mich deutet alles auf Koschek als Täter hin. Winterstein hatte gerade noch mal Glück. Nicht viel, und er wäre das zweite Mordopfer an diesem Wochenende gewesen.«

Beiden waren die nächsten Schritte klar, dazu bedurfte es nicht mal mehr einer Abstimmung. »Staatsanwältin und Haftbefehl für Koschek«, sagten sie fast gleichzeitig.

»Korrektestens, Kramer. Soll ma eine Münze werfen, wer anruft?«

»Das darfst du erledigen. Und bitte bestell Frau Dr. Rasske einen schönen Gruß. Ich geh vor zu den Journalisten.«

Fäustl tastete in seiner Jackeninnentasche nach dem Mobiltelefon, scrollte durch sein Adressbuch und wandte sich ab. Noch bevor er einen Gesprächspartner in der Leitung hatte, sah er Max streng an und zischte: »Du schuldest mir was!«

Seit diesem emotionalen Zwischenfall, wie Max seine Affäre mit der Staatsanwältin gern nannte, war es ihm lieber, wenn sein Kollege an den Tagen, an denen sie Dienst hatte, zum Telefon griff. Max sah sich um und identifizierte das Auto der Journalisten, was nicht schwer war, denn es war der einzige zivile Wagen, der zwischen den anderen Polizeiwagen am Straßenrand parkte. Die Fenster waren beschlagen, und daraus schloss Max, dass die Journalisten im Innenraum saßen, um sich vor der Kälte zu schützen. Den Jackenbund über seine rechte Hand gezogen, klopfte Max an die Fahrerscheibe. Von drinnen wischte eine Handfläche durch den weißen Film. Der Insasse wollte erkennen, wer von draußen pochte. Keine Sekunde später öffnete sich die Türe, und Tino Glaubitz lugte durch den Schlitz. »Herr Kommissar«, begrüßte er Max.

»Bitte steigen Sie kurz aus.«

»Führerschein und Fahrzeugpapiere wollen Sie aber nicht?«

Max verstand nicht, was Glaubitz mit seiner Frage bezweckte. »Was?«

»Das war ein Witz, Herr Kommissar. Normalerweise handelt es sich immer um eine Verkehrskontrolle, wenn die Polizei neben meinem Auto steht.«

Währenddessen war Peter Heilker ebenfalls ausgestiegen und um den Wagen herumgegangen. Die Männer nickten sich zu.

»Erzählen Sie mal, wie es zu dem Unfall gekommen ist.«

Abwechselnd berichteten Glaubitz und Heilker von der Konfrontation und der Verfolgungsjagd. »Wir sind wirklich nie schneller als erlaubt gefahren«, endete Glaubitz seinen Bericht.

»Das heißt, dass Koschek vollkommen die Fassung verloren hat, nachdem Sie ihn mit den Vorwürfen gegen die Bayernhomecura konfrontiert haben?«

»So ist es«, sagte Glaubitz.

Max bedankte sich und mahnte die beiden Journalisten, sich für eventuelle Rückfragen bereitzuhalten. Tatsächlich war Max von Sekunde zu Sekunde mehr davon überzeugt, dass Koschek nicht nur unsauber arbeitete, sondern auch vor einem Kapitalverbrechen nicht zurückschreckte.

IX. DAS BÖSE, SCHLIMME KIND

Es fing an zu schneien, als Max über den Inn in Neuötting fuhr. Kurz vor dem Altöttinger Klinikum, knapp nachdem er die Neuöttinger Altstadt passiert hatte, begrüßte ihn bereits Schneeregen. Er sah zu, wie seine Wischblätter dicke Flocken und Matsch von der Windschutzscheibe schoben. Der Himmel über ihm war dicht und schwarz. Die Straßenlaternen, an denen er vorüberfuhr, spendeten nicht genügend Licht, denn der Schnee schluckte alles. Sein Kollege Fäustl war auf der Kriminalpolizeistation Mühldorf geblieben und wollte sich um die Sache mit der Familie Berggump kümmern, während Max noch einmal bei Vevi vorbeischaute. Erstens, weil er sich Sorgen machte und er diese Nacht nicht neben ihr liegen konnte, und zweitens ließ ihm keine Ruhe, was Vevi und das Mordopfer genau verband. Er dachte wieder an Wintersteins Aussage, dass Koschek behauptete, ein Mann habe ihn angerufen und darauf aufmerksam gemacht, dass mit Aneta Mazur etwas nicht stimmte. War Koschek nun ein Irrer, der an Hirngespinsten litt, oder entsprach dies der Wahrheit? Welche Männer profitierten davon? Max war ratlos. Einem Haftbefehl für Koschek hatte die Staatsanwältin Dr. Rasske zugestimmt. Gedankenverloren setzte er den Blinker und bog auf den Parkplatz ein, der beim hinteren Ein- und Ausgang des Altöttinger Krankenhauses lag. Eine Parklücke war an diesem Sonntagabend schnell gefunden. Überhaupt herrschte kaum noch Betrieb um das hell erleuchtete Anwesen.

Als er die Handbremse zog und sich abschnallte, griff Max zu seiner Tasche auf dem Beifahrersitz. Ein Notizheft und ein Stift kamen zum Vorschein. Die Parkplatzbeleuchtung direkt über seiner Windschutzscheibe spendete trotz des Wetters genügend Licht, sodass es ihn nicht störte, als die Innenbeleuchtung automatisch ausging. Kurz legte er noch einmal seinen Stift beiseite und schaltete das Radio ein. Er musste nachdenken und brauchte dazu musikalische Unterstützung im Hintergrund. So konnte Max am besten seinen Gedanken freien Lauf lassen. Mit dem Zeigefinger drückte er mehrmals weiter, denn kein Musikschnipsel, der aus seinen Lautsprechern drang, erregte auf Anhieb seine Begeisterung. Bei einem lokalen Sender, der vor allem Hits der Siebziger- und Achtzigerjahre spielte, blieb er kleben. Gut, das ging gerade so.

»Oh, I wanna dance with somebody. I wanna feel the heat with somebody. Yeah, I wanna dance with somebody, with somebody who loves me.«

Nun schlug Max seinen Notizblock auf, während er die Zeilen von Whitney Houston mit seinen Lippen begleitete, ohne einen wirklichen Ton von sich zu geben. Er begann, Namen zu notieren, Orte und Geistesblitze, die in ihm gerade aufflammten. Manches versah er mit einem Fragezeichen oder strich es gleich wieder durch, da es zwar in seinem Kopf Sinn ergeben hatte, aber als ausgeschriebener Verdacht dann doch lächerlich wirkte. Ein Mosaik an Möglichkeiten entstand, das nur der Frage diente, wer die Bayernhomecura angerufen hatte und welchen Nutzen dieser Unbekannte daraus zog. Die Journalisten, die Berggumps, die Angehörigen einer anderen Pflegerin, eine Pflegerin, die ihre Stimme verstellte … alles lächerlich. Ein großes Fragezeichen, das er auf die nächste Seite gemalt hatte, durfte er nicht außer Acht lassen, und das stand für den großen mysteriösen deus ex machina, den Jack in the Box, den Kasper, der unerwartet aus einer Schachtel hüpfte, den nebulösen Informanten, von dem er noch nicht einmal gehört hatte. Kopfschüttelnd klappte er seine Notizen wieder zu und klopfte mit dem Stift darauf. Irgendetwas übersah er. Wenn ein Puzzleteil nicht passte, konnte es auch nicht mit mehrmaligem Draufhauen eingefügt werden. Das war der Grundsatz, den er auf der Akademie beigebracht bekommen hatte. Drehe alle Versatzstücke so lange, bis sie passen. Dann ergibt sich automatisch die Lösung. Und höre niemals auf, alles aus einer weiteren Perspektive zu betrachten. Leichter gesagt als getan. Er stieg aus und machte sich durch die nassen, schweren Flocken auf den Weg ins Kreisklinikum.

*

Fäustl hatte sofort gewusst, dass das Gespräch mit der gesamten Familie Berggump unangenehm werden würde. Wenn man Menschen, die in einen Fall verstrickt waren, zu lange warten ließ und ihnen dann mitteilte, dass man auf weitere Aussagen von ihnen gar nicht mehr angewiesen war, wurde es heikel. Kaum auf dem Gang, begriff Fäustl, was die Stunde geschlagen hatte. Er näherte sich seinem Büro, in dem sich die Berggumps aufhielten. Zwei Kollegen der Nachtschicht liefen ihm über den Weg, und als alle die keifende Stimme von Annamirl Leidl-Berggump durch die geschlossene Tür vernahmen, sagte der eine, indem er sich an den Kopf fasste: »So geht das schon eine geraume Zeit, und auch wenn man die drei mahnt, doch bitte leiser zu sein, fangen sie nach fünf Minuten wieder an. Die arbeiten gerade eine ganze Familientragödie gemeinsam auf. Vielleicht hätten sie mal ein bissal eher zur Therapie gehen sollen.«

Der andere nickte. »Die zwei Männer gehen ja noch, aber sie ist echt ein Objekt für Knebel und Handschellen.«

Beide lachten und wünschten Fäustl »Frohes Schaffen«.

Als er die Tür öffnete, erhoben sich die beiden Berggump-Männer, während Annamirl trotzig sitzen blieb und ihm nicht einmal einen Blick zur Begrüßung schenkte. Vor den Dreien, die sich um Max und Fäustls Schreibtisch verteilt hatten, standen eine Flasche Wasser, die Kaffeekanne aus der Maschine vom Fensterbrett und drei Tassen, von denen zwei bereits benutzt waren. Nachdem Fäustl alle begrüßt hatte, schloss er die Tür und blieb mit dem Rücken davor stehen. »Verzeihen Sie die Wartezeit.«

»Oh Mann, wissen Sie, wie spät es ist?« Annamirl Leidl-Berggump tippte auf ihre Armbanduhr.

»Dafür gibt es eine erfreuliche Nachricht«, fuhr Fäustl fort. »Wir haben einen Verdächtigen verhaftet.«

»Das hätte ich Ihnen jetzt gar nicht zugetraut.«

Herbert und Zacharias blickten unsicher durch den Raum, und nachdem Fäustl auf Annamirl Leidl-Berggumps Spitze nicht einging, rang sich Zacharias durch, zu fragen, um wen es sich dabei handle.

»Ich kann nicht ins Detail gehen. Herr Berggump?« Fäustl sah Herbert an. »Routinemäßig habe ich noch ein paar Fragen an Sie, die wir bisher mit Ihnen aus Zeitgründen nicht klären konnten. Der Rest kann gehen.«

»Der Rest? Was erlauben Sie sich? Sie können mich doch nicht einfach als *Rest* bezeichnen«, echauffierte sich Annamirl Leidl-Berggump. »Stundenlang lassen Sie uns hier warten, dann watscheln Sie in einer Arroganz durch diese Tür, die seinesgleichen sucht, und dann entlassen Sie uns in einem Ton, den ich noch nicht erlebt habe. Also das ist doch die Höhe!«

»Verzeihung«, sagte Fäustl genervt und hob seine Augenbrauen. »Vielen Dank für Ihre Geduld. Sie dürfen jetzt nach Hause gehen. Gute Nacht!«

»Fährt uns denn jemand?«

Zacharias stand auf und berührte seine Mutter am oberen Rücken. »Komm bitte. Wir nehmen ein Taxi.«

Fäustl deutete ein Winken an. »Das halte ich für eine ausgezeichnete Idee.«

Als Annamirl Leidl-Berggump an Fäustl vorbeiging, blieb sie stehen und kniff ihre Augen zusammen. »Seien Sie versichert, dass ich mich über Sie beschweren werde.«

*

Der Stationsschwester, die in einem Kubus-ähnlichen Gebilde hinter Glasfenstern ihre Stellung hielt, streckte er zur Begrüßung seinen Dienstausweis entgegen. »Kripo!« Jetzt noch mal eine Diskussion über Besuchszeit oder seinen Verwandtschaftsgrad zur Patientin Unterprammer anzufangen, dafür hatte Max keinen Nerv übrig. Die junge Frau in Weiß erhob sich, setzte ihre Brille auf und bedeutete Max, seinen Ausweis näher an die Glasscheibe zu halten, damit sie einen genauen Blick darauf werfen konnte. Als sie sich überzeugt hatte, dass das Foto auch mit Max' Gesicht übereinstimmte, nickte sie und ließ ihn passieren.

Max klopfte, bevor er eintrat, und vernahm ein deutliches »Herein!«, das ihn glücklich stimmte, denn bereits aus Vevis Tonfall entnahm er, dass sie sich erholt hatte und ihre alten Kräfte dabei waren, zurückzukehren, so wie ihre Erinnerungen. Sie strahlte, als er eintrat. »Guten Abend, Herr Kommissar.«

Max sagte nichts, sondern steuerte direkt auf das Krankenbett zu, bückte sich und gab Vevi einen Kuss auf ihre Lippen. Sie bedeutet ihm, gleich neben ihr auf dem Bett Platz zu nehmen. Ihre Finger schlangen sich ineinander, und keiner von beiden wollte in diesem Moment je wieder loslassen.

»Du kannst dich wieder an alles erinnern?«

»Nein, aber an einen Teil, und natürlich an das Nummernschild.«

»Wir haben ihn. Ein Mann aus Pfarrkirchen von der Bayernhomecura.«

Vevi wiederholte mehrmals den Firmennamen, bis ihr ein Licht aufging. »Ich kenne jemanden, der dort arbeitet.«

»Deswegen wollte ich mit dir reden. Kann es sein, dass du eine junge Frau kennst, die von dieser Firma vermittelt wurde?«

»Ja, genau. Eine junge Frau aus Polen, die über die Bayernhomecura zu den Berggumps vermittelt worden ist. Aneta ist ihr Name.«

»Sie ist tot.«

Vevi schnappte nach Luft. Es gab kein Wort, das beschreiben konnte, wie sich in ihr alles überschlug. In ihren Augen zeigten sich Tränen. »Aneta ist tot?«

»Ermordet.«

»Deswegen ist sie mir beim Spazieren nicht mehr begegnet«, sagte sie fassungslos.

»Was weißt du von ihr?«

»Ehrlich gesagt: nicht viel. Sie mochte Punkrock.« Ein kurzes Lächeln huschte über Vevis Gesicht. »Und sie war in einen Deutschen verliebt. Sie hat mir aber nicht verraten, in wen.«

»Der Typ, der dich zusammengefahren hat, hat euch gemeinsam beobachtet.«

»Ach, Gott.«

»Aneta Mazur war nämlich gar keine Pflegerin.«

»Nicht?«

Max schüttelte den Kopf. »Eine Investigativjournalistin. Sie wollte über die schlechten Umstände berichten, unter denen die Frauen aus Osteuropa als private Pflegekräfte bei uns schuften müssen, ist aber im Laufe ihrer Recherchen auf Ungereimtheiten bei der Bayernhomecura gestoßen. Höchstwahrscheinlich hat sie dafür mit ihrem Leben bezahlt.«

Vevis Griff wurde fester.

Max legte seine andere Hand oben auf. »Ich bin immer für dich da. Du brauchst keine Angst zu haben.«

Schweigend sah sie ihm tief in die Augen. Beide empfanden eine Nähe, die sie mit Worten nicht beschreiben konnten. Zwischen ihnen knisterte es. Es war ein schönes Gefühl. Endlich, nach all den Jahren, gehörten sie wieder zueinander, daran konnte die schreckliche Nachricht, die Vevi gerade verdauen musste, auch nichts ändern.

»Ich habe ein schlechtes Gewissen«, sagte Vevi zögerlich.

»Warum?«

»Weil ich hier sitze und dich habe und glücklich bin. Und Aneta ist ermordet worden.«

»Wir dürfen glücklich sein. Die Trauer ist menschlich, ebenso das Glück.«

»Ich weiß. Doch …«

Max legte ihr zärtlich den Finger auf ihre Lippen, um Vevi zu signalisieren, dass sie nicht weiterreden musste. »Alles in Ordnung, Schatz.«

Vevi küsste seine Fingerkuppe.

»Bevor ich dich für heute Nacht wieder allein lasse,

sag mir bitte noch: Hat Aneta irgendetwas über die Berggumps erzählt?«

»Nein. Darüber haben wir uns kaum unterhalten. Ich kenne die Familie schon mein ganzes Leben. Frau Leidl-Berggump ist mit meiner Tante im Frauenbund, und ihn kennt man als erfolgreichen Geschäftsmann und von der IHK und Zapfe ... Gott, Zapfe ... Der war schon immer ein Chaot.«

»Kennst du ihn noch von der Schule? Ich kann mich an ihn gar nicht erinnern.«

»Nein, ich kenne ihn flüchtig, wie man ein Altöttinger Original im gleichen Alter halt so kennt. Soviel ich weiß, ist er von einem Internat zum anderen gewechselt. Und jetzt wohnt er abwechselnd in München und bei seinen Eltern in Altötting. Beruflich macht er irgendwas mit Kunst oder so. Viele sagen aber, er macht gar nix. Und er ist ein Muttersöhnchen.«

»Das kann ich bestätigen.«

»Außerdem kifft er.«

»Woher weißt du das?«

»Offenes Geheimnis. Halb Altötting kifft.«

»Jetzt übertreibst du.«

»Tu ich das? Na gut, du bist hier der Profi für Recht und Ordnung.« Sie überlegte kurz und sprach dann ruhig weiter. »Zapfe hat hier keine Freunde. Aber jeder kennt ihn.«

»Ich nicht.«

»Doch, klar kennst du den! Das ist der Typ, der einem im Winter immer mit einem rot-weiß geringelten Skianzug begegnet. Er hat immer dieses Ding an.«

»Tatsächlich hatte er den Anzug an, als wir ihn getroffen haben, aber davor ist mir Zacharias Berggump in Altötting nie ins Auge gestochen. Ich muss blind gewesen sein.«

»Farbenblind«, lachte Vevi. »Ganz früher hab ich ihn echt beneidet. Reiche Eltern, schickes Haus, erbt mal alles, da hatte ich noch nicht verstanden, dass es im Leben um etwas ganz anderes geht.«

Max nahm ihre Hände, führte sie vor sein Gesicht. »Da sprichst du ein wahres Wort.«

*

Fäustl hatte gegenüber Herbert Berggump Platz genommen. Sie waren allein, denn dieses Gespräch bedurfte der Vertraulichkeit. »Wir hatten bisher kaum Zeit, uns über Ihre letzten Tage zu unterhalten.«

»Sie haben doch jetzt einen Verdächtigen.«

»Nichtsdestotrotz brauchen wir Ihre komplette Aussage in diesem Fall. Wo waren Sie, als Sie vom Tod von Aneta Mazur erfahren haben?«

Herbert Berggump sah über Fäustls Schulter hinweg nach draußen, wobei es bereits so dunkel war, dass er auf der Fensterscheibe hauptsächlich eine Spiegelung seiner selbst wahrnahm. Seine Pupillen zuckten: Er überlegte. »Tja«, sagte er schließlich und ließ seinen Blick hilflos durch den Raum wandern. »Auf einer Geschäftsreise. Ihre Kollegen haben mich angerufen, dass meine Frau ums Leben gekommen ist. Das hat sich dann ja Gott sei Dank als falsch herausgestellt.«

»Wo waren Sie genau?«

»Im Auto.«

Fäustl legte seinen Kopf auf die Seite und sah Herbert aus dieser Perspektive an, um ihm zu signalisieren, dass diese zwei Wörter nicht die Antwort darstellten, die er sich an dieser Stelle erhofft hatte.

»Kann meine Frau später im Protokoll nachlesen, was ich Ihnen jetzt erzähle?«

»Natürlich nicht.« Fäustl war von Berggumps Nachfrage überrascht. »Aber warum wollen S' des wissen? Ihre Frau hat doch vorher mehr als deutlich gemacht, dass Sie über Ihr Leben außerhalb der Familie informiert ist.«

»Ach, is ja jetzt scheißegal.« Berggump vergrub sein Gesicht in den Händen. Kurz verharrte er in dieser Pose, um sich dann aufzurichten und Fäustl mit glasigen Augen anzustieren. »Ich bin gar nicht auf Geschäftsreise gewesen.«

»Ach, nein?«

»Nein.« Berggump schüttelte den Kopf, ließ aber seinen Worten nichts weiter folgen, sodass Fäustl aus Ungeduld seine Handgelenke in immer schnelleren Bewegungen kreisen ließ, um ihn zum Weiterreden aufzufordern.

»Ich … ich …«, stotterte Berggump.

Fäustl wurde dieses Gestammel zu bunt, und er äußerte, was er eh schon wusste. »Waren Sie bei einer ander'n Frau?«

»Ja!« Das klang erleichtert.

»Name, Wohnort?«

»Es waren mehr als eine.«

»Gut. Dann Namen und Wohnorte bitte.«

»Ich bin unter anderem im Erotixx-Club Rosenheim gewesen. Die entsprechende Dame heißt Nadine, und dann noch bei einer Bekannten privat zu Hause. Clara …« Erst nach einer kurzen Pause konnte er sich an ihren Familiennamen erinnern. »Senn.« Er diktierte ihre Adresse.

Fäustl lehnte sich über die Schreibtischplatte, um Herbert Berggump besser in die Augen sehen zu können. »Ich gehe davon aus, dass Ihre Familie das gewusst hat, oder?«

»Zwischen Ahnen und Wissen liegt ein großer Unterschied.«

»Das ist mir bewusst. Also, geahnt?«

»Gewusst haben sie es nicht offiziell, aber ich denke, dass meine Frau … Sie haben sie ja vorher in der Küche erlebt.« Nun begann Berggump seine Oberschenkel zu massieren. Die Bewegungen waren zuerst klein, wurden aber immer größer. Man konnte erkennen, wie unangenehm die Situation für den Mann war. »Und um bei der Wahrheit zu bleiben, mein Sohn wusste es auch.«

»Also nicht nur geahnt. Haben Sie ihn ins Vertrauen gezogen?«

»Gott bewahre.« Sein Blick glitt zur Decke, als würde er um Beistand von oben bitten. »Ich kann darüber nicht reden.«

»Jetzt geben Sie sich mal einen Ruck! Wir sind hier unter uns.«

Tränen zeigten sich in Herberts Augenwinkeln. »Was

hatte der Kerl, der Aneta auf dem Gewissen hat, eigentlich für ein Motiv?«

Fäustl kramte nach seinem Telefon in seiner Jackeninnentasche. »Dazu darf ich Ihnen nichts sagen.« Als er fündig geworden war, legte er es zwischen sich und Berggump und startete eines der Audio-Files. Es raschelte und Herberts Stimme erfüllte den Raum. *»Ich liebe dich. Du musst mir glauben, dass ich eigentlich nicht der Typ bin, der sich von seinen Gefühlen übermannen lässt, aber du bist in dieser wahnsinnig kurzen Zeit zu meinem wichtigsten Menschen geworden.«*

Fäustl lehnte sich zurück und verschränkte die Arme vor seinem Bauch. »Vorher haben Sie mir dazu keine Antwort gegeben, aber des sind doch Sie?«

Berggump nickte. Er war blass.

»Das haben wir auf Aneta Mazurs Handy gefunden. Da ist noch mehr drauf von Ihnen.«

»Ich hab sie wirklich geliebt.«

»Wollten Sie Ihre Frau ernsthaft verlassen?«

Von Berggump kam keine Antwort.

»Sie wussten, dass Aneta schwanger gewesen ist?«

Plötzlich brach Herbert Berggump in Tränen aus. Stoßweise saugte er die Luft durch die Nase ein und ließ sie mit einem kläglichen Laut durch den Mund wieder heraus. Er erinnerte Fäustl an ein wimmerndes Kind. Mehrmals musste Berggump schlucken, bis er wieder ein Wort herausbrachte. »Ja.«

Fäustl fingerte in der Schreibtischschublade nach Papiertaschentüchern. Er bückte sich, zog sie aus einer Schublade weiter unten und bot sie Berggump an, der sofort zugriff und sich die Tränen auf seinen Wangen trocknete.

»Zuerst war ich geschockt, aber dann … aber dann … Mir hat der Gedanke gefallen, noch einmal Vater zu werden.« Ein weiterer Schwall strömte über seine Wangen. »Dass Aneta tot ist, will nicht in meinen Kopf. Es tut so weh. Sie war ein Engel. Meine Mutter hat sie geliebt, was man nicht über jede Pflegerin sagen kann. Wir haben uns gesehen und wussten, dass wir füreinander bestimmt sind.«

Inständig hoffte Fäustl, dass Berggump ihm nicht ansah, was er wirklich dachte. Dieser Mann hatte einen Harem um sich geschart, ging ins Puff, und dann hatte er in der jüngeren Pflegerin seiner Mutter angeblich plötzlich die Liebe seines Lebens entdeckt. In der Tat, alles andere als glaubwürdig. Fäustl nickte tapfer weiter, ohne jegliche Gefühlsregung in seinem Gesicht, nur darauf bedacht, Herbert Berggump nicht zu unterbrechen.

»Ich wollte mich ihretwegen scheiden lassen.«

»Echt?«, entfuhr es Fäustl skeptisch, wofür er sich am liebsten im nächsten Moment selbst geohrfeigt hätte.

Herbert Berggump sah ihn mit großen Augen an, dann sprach er weiter, und Fäustl war erleichtert, dass die forsche Nachfrage seinen Gesprächspartner nicht aus dem Konzept gebracht hatte.

»Ich war kurz davor, es meiner Frau zu sagen. Bei uns zu Hause herrscht die Hölle. Sie waren selbst Zeuge, wie meine Frau mit mir umgeht. Kein Mann hat das verdient, so behandelt zu werden. Ich bin zu Hause für alle nur noch der Fußabtreter.«

Das klang nach weinerlichem Selbstmitleid.

»Und dann taucht Aneta auf. Seit Jahren die erste Frau, die mich versteht.«

Fäustl wollte nun einen anderen Punkt ansprechen. »Wie ist das Verhältnis zu Ihrem Sohn?«

»Wie sag ich das am besten?« Berggump überlegte eine Weile zu lang für Fäustls Geschmack, sodass er daraus schloss, dass eine gesunde Vater-Sohn-Beziehung nicht existierte. »Mein Sohn und ich haben nicht die gleiche Auffassung vom Leben.«

»Was meinen Sie damit?«

Berggump räusperte sich und schnäuzte in eines der Papiertaschentücher. Suchend blickte er durch den Raum, bis Fäustl ihm den Papierkorb, der auf seiner Seite des Tisches stand, entgegenstreckte. Berggump bedankte sich mit einem matten Lächeln, er seufzte und begann: »Haben Sie Kinder?«

»Nein, aber zwei Katzen.«

»Sie wissen also nicht, wie das ist, wenn man irgendwann feststellen muss, dass der eigene Sohn keinen Charakter besitzt. Das ist ein sehr harter Moment im Leben eines Vaters, dann weißt du, dass du alles in der Erziehung falsch gemacht hast. Meine Frau hat Zacharias verhätschelt und ihm alles durchgehen lassen. In der Schule war er mies, also haben wir uns für ein Internat entschieden. Abitur hat er wenigstens gemacht, aber ansonsten nichts. Nichts, wirklich nichts! Fragen, was er denn mit seinem Leben anfangen möchte, weicht er auch heute noch aus. Wir überweisen ihm monatlich immer noch Geld, und dann kommt er und denkt, mich erpressen zu müssen.«

Fäustl wurde in seinem Stuhl um ein paar Zentimeter größer. »Mit was hat er Sie denn erpresst?«

»Mit meinen Weibergeschichten und«, er stockte, »noch so ein paar Dingen.«

»Was wollte er?«

»Mehr Geld.«

»Von wie viel reden wir hier?«

»Viereinhalb Tausend Euro im Monat.«

Fäustl pfiff durch die Zähne. »Das ist wirklich ein ganz schöner Haufen. Können Sie denn das so ohne Weiteres entbehren?«

»Dass ich ein vermögender Mann bin, denke ich, ist kein Geheimnis. Manchmal habe ich das Gefühl, dass er wie ein Geier auf den Tod von mir und meiner Frau wartet, damit er endlich alles erben kann.«

»Meinen Sie wirklich? Bei viereinhalb Tausend Euro monatlich will ich eher, dass der Geldgeber ewig lebt. Sonst ist der Hahn doch zu, oder hat Ihr Sohn irgendwelche Ideen, für deren Umsetzung er dringend Geld braucht?«

»Ich glaube, er hat keine Pläne. Zumindest hat er mit mir darüber nicht gesprochen. Er redet aber mit mir eh äußerst selten.«

*

»Allmächtiger!« Max' Mutter schaute ihn stumm und missbilligend an. »Was machst du hier, und warum schleichst du dich hinten rein?«

»Ihr habt vorn schon abgeschlossen, und ich hab meinen Schlüssel nicht dabei. Kann ich noch was zu essen haben?«

»Du kannst froh sein, dass ich gerade keine Bratpfanne in der Hand habe. Du weißt doch, wie schreckhaft ich bin.«

»Mama, du sitzt im Büro hinter der Rezeption. Seit wann hast du hier eine Pfanne bei dir?«, unterbrach Max seine Mutter.

»Auch wieder wahr.« Frau Kramer stand auf und schloss ihren Sohn zur Begrüßung in die Arme. »Was magst du essen? Ich mach dir gern noch schnell was in der Küche, aber nix Großes.«

»Ein Spiegelei wäre fantastisch. Ist der Papa auch noch da?«

»Nein, der ist schon in die Wohnung. Alte Herren lieben einen frühen Feierabend.«

Das winzige Büro, in dem sie sich gerade aufhielten, diente neben Reservierungsarbeiten vor allem als Ablage. Papiere und Ordner stapelten sich ohne erkennbares System auf langen Spanplatten, die übereinander an der Wand angebracht waren. Hier hatte Max einen Teil seiner Kindheit verbracht, Hausaufgaben erledigt, wenn niemand auf ihn aufpassen konnte, oder sich versteckt, wenn er etwas ausgefressen hatte. Max war es, als ob jemand einen Schlüssel beim Haupteingang umdrehte. Nachdem Sekunden später die elektronische Schiebetüre, die als Windfang diente, sich in Gang setzte, wusste er, dass zu dieser späten Stunde noch Gäste zurückkehrten.

Frau Kramer winkte durch die Türe und wünschte einen schönen Abend. Max zeigte sich den Gästen nicht und nahm stattdessen auf dem Bürostuhl Platz, auf dem seine Mutter vorher gesessen hatte. Er hörte, wie eine Frau seine Mutter davon in Kenntnis setzte, dass ihr Sohn heute ausnahmsweise in ihrem Zimmer mitübernachten würde. Der Klang dieser Stimme löste in Max etwas aus, und er sprang auf und lauschte. Seiner Mutter versuchte er mit Händen und Füßen zu verstehen zu geben, dass sie nicht verraten sollte, dass er sich ebenfalls in dem Büro befand.

Draußen unterhielt sich Annamirl Leidl-Berggump mit ihrem Sohn. »Es ist wirklich kein Problem, wenn du heute Nacht hierbleibst. Das Bett ist groß genug, und morgen frühstücken wir dann ausgiebig.«

»Danke, aber eigentlich wollte ich wieder zurück nach München. Ich finde es hier gerade schrecklich, und du solltest dir überlegen, ob du nicht doch noch wegfährst.«

»Bitte bleib.«

»Nein, Mama. Auf der Autobahn brauche ich nicht mal eine Stunde bis nach München.«

»Ich kann heute einfach nicht allein sein. Bitte tu mir den Gefallen.«

»Na gut. Aber morgen nach dem Frühstück bin ich sofort weg.«

Max griff nach einem Schmierzettel und notierte darauf: »6.45 bis 8.00«. Kopfschüttelnd wunderte er sich über seine offensichtliche Blindheit. Auf diese Weise passten die Puzzleteile ineinander. Er griff zu seinem Telefon und rief Fäustl an.

*

Inzwischen hatte Fäustl auch Herbert Berggump verabschiedet und wollte eben Feierabend machen, als sein Blick auf den Aktendeckel mit den Aufzeichnungen der Bayernhomecura fiel. Seitlich lugte ein kleiner faltiger Zettel heraus. Kurz entschlossen griff er danach. Es war die Tankquittung, die ihnen Zacharias Berggump präsentiert hatte. Fäustl kniff ein Auge zu und besah sie sich genauer. Um acht Uhr fünfunddreißig war die Rechnung ausgestellt worden. Er wollte sie schon wieder zurücklegen, als sein Telefon vibrierte und ihm Max' Name entgegenblinkte.

»Servus, Kramer. Mach ma Schluss für heute? Der Herbert Berggump war die letzten Tage gar nicht auf Dienstreise, sondern hatte mehreren Damen einen Besuch abgestattet. Er war sogar im Puff. Er behauptet, dass er die Mazur geliebt hat. Glaub ich ihm aber ned ganz. Seine Frau hat von all den anderen, die er so an der Seite gehabt hat, angeblich nix gewusst, aber geahnt. Und sein Sohn wollte ihn wegen irgendwas erpressen. Brauchst nimmer herkommen. Wir machen morgen weiter. Dann knöpfen wir uns den Koschek vor. Dass der Haftrichter ihn nach der Entführung seines Kollegen wieder gehen lässt, kann ich mir schlecht vorstellen.«

»Fritz, der Fall liegt völlig anders.«

Fäustl wurde hellhörig. »Dann schieß mal los.«

»Hast du die Tankquittung vom jungen Berggump noch?«

»Du wirst lachen: Ich habe sie im Moment aus der Hand gelegt.«

»Welche Uhrzeit liest du?«

»Acht Uhr fünfunddreißig.«

»Aneta war bei den Berggumps ab sechs Uhr fünfundvierzig mit der Bettlägerigen allein. Dann hat sich der Mörder Zutritt verschafft. Irgendwann vermutlich bis acht Uhr. Das reicht vollkommen, um in München frühmorgens loszufahren, in Altötting einen Mord zu begehen und sich dann um acht Uhr fünfunddreißig an einer Tankstelle bei Dorfen blicken zu lassen.«

»Und was wäre sein Motiv?«

»Zacharias hat gewusst, dass die Aneta schwanger ist. Das hätte bedeutet, dass er sein Erbe teilen muss, und darauf war er ganz und gar nicht erpicht.«

»Und der Irre von der Bayernhomecura?«

»Der war es nicht. Zacharias hat ein Motiv, hat die Kraft, kennt sich im Haus aus, hat einen Schlüssel …«

»Du hast recht!«

»Diesmal telefonier ich mit der Staatsanwältin, und dann schnappen wir uns den jungen Berggump. Komm her zu meinen Eltern ins Hotel.«

»Willst du mich vor dem Zugriff noch zum Essen einladen?«

»Nein, hinterher. Frau Leidl-Berggump hat bei uns ein Zimmer, weil sie nicht in ihr Haus zurückwill, und ihr Sohn übernachtet heute bei seiner Mami. Schwing deinen Hintern her. Bis gleich!«

X. LEGT DIE RUTE HIN GESCHWIND

Keine Viertelstunde später parkte Fäustl seinen Wagen vor dem Hotel zur Post. Max hatte draußen auf seinen Kollegen in der Kälte gewartet. Die Bremsen quietschten, dass Max Angst hatte, die Nachbarschaft und die Hotelgäste könnten geweckt werden.

»Leise!«, mahnte er seinen Kollegen, der ihn im Inneren aber nicht verstand, ihm freundlich zur Begrüßung entgegengrinste und den Motor abstellte.

Im Laufschritt eilte Max zur Beifahrertüre, riss diese auf und schlüpfte hinein. »Du musst deine Bremsen anschauen lassen.«

»Gleich morgen. Ich weiß, ich verspreche das schon eine geraume Zeit, aber ich habe morgen einen Termin in der Werkstatt. Wann erscheinen die Altöttinger Kollegen wegen des Zugriffs?«

»Die hab ich gar nicht angerufen.«

»Wieso?«

»Wir machen das zu zweit. Schnell und ohne Aufsehen.«

»Na dann, auf geht's«, sagte Fäustl.

Beide Männer sprangen aus dem Wagen und Max deutete zum Haupteingang. »Da rein. Und dann leise in den ersten Stock.«

Darum bemüht, wenig verräterische Laute zu produzieren, schlichen sie durch das dunkle Hotel zum Zimmer der Berggumps. Nur hier und da brannte ein Licht oder ein grünes Schild, das auf einen Notausgang hinwies. Der alte Dielenboden im ersten Stock knarzte, auch unter den Teppichen, die im hinteren Teil verlegt waren. Wachsam blickten beide um sich. Das Ticken einer Uhr drang an ihre Ohren, sonst herrschte Stille. Um weitere Nebengeräusche zu verhindern, damit keine anderen Gäste auf sie aufmerksam wurden, schlichen sie auf Zehenspitzen weiter, bis Max auf eine Türe deutete und Fäustl damit zu verstehen gab, dass sie ihr Ziel erreicht hatten. Ein Adrenalinstoß durchfuhr Max und er zückte seine Dienstwaffe.

Fäustl tat es ihm gleich und betätigte den Lichtschalter auf dem Gang. Beide sahen sich an und nickten. Es ging los. Mit der Faust pochte er gegen die hölzerne Hotelzimmertüre. »Kripo Mühldorf. Aufmachen!«

Zuerst rührte sich nichts, also wurde Max energischer, und die Schläge gegen das Holz erfüllten den gesamten Gang. Endlich öffnete sich die Tür einen Spaltbreit und die beiden Kriminaler blickten in Zacharias Berggumps verdutztes Gesicht. Hinter seiner Schulter stand seine Mutter. Als ihm langsam klar wurde, was die beiden Beamten vorhatten, riss Zacharias die Türe komplett auf und sprintete an Max und Fäustl vorbei Richtung Treppe zum Erdgeschoss.

»Halt, stehen bleiben!«, brüllte Fäustl.

»Was wollen Sie von uns denn noch«, keifte Annamirl Leidl-Berggump.

Von dem Lärm aufmerksam geworden, öffneten sich weitere Zimmer, und andere Hotelgäste drängten auf den Gang, um die Ursache des Tumults zu erfahren. Jetzt wurde es brenzlig.

Max fackelte nicht lange und lief Zacharias nach. Seine Schuhe hämmerten im Staccato eines Gewehrfeuers auf dem Boden. »Herr Berggump, jetzt machen Sie es nicht noch schlimmer.«

Zacharias war bereits um die Ecke verschwunden, von der die Treppe ins Erdgeschoss und zum Haupteingang führte. Plötzlich drang ein dumpfes, metallenes Geräusch zu ihm herauf, das Max an einen Gongschlag erinnerte. Er hastete weiter nach unten, nahm nur jede zweite Stufe, wie er das seit seiner Kindheit tat, und als er unten angekommen war, blickte er in das stolze Gesicht seiner Mutter. Zacharias Berggump lag benommen zu ihren Füßen.

»Mama«, entfuhr es Max.

»Tja, manchmal ist eine Bratpfanne auch Gold wert.«

Fäustl keuchte von oben dazu. »Was ist passiert?«

»Mein Sohn wollte vorher Spiegeleier.« Streng kniff sie ein Auge zu. »Wäre nett gewesen, wenn du mir vorher erzählt hättest, dass du hier eine Verhaftung planst.«

»Ich wollte nicht, dass du dich aufregst. Eigentlich dachte ich, wir würden kein Aufsehen erregen.«

»Das ist euch wirklich gelungen. Ich hab hinten im Frühstücksraum für dich gedeckt, und wie ich wieder aus der Küche komme, höre ich euch ›Stehen bleiben‹ durch mein Hotel schreien. Da dachte ich: Schau ich doch besser mal nach. Dass mir die Pfanne noch helfen würde, hab ich allerdings nicht gedacht.«

Inzwischen war Fäustl in die Hocke gegangen und hatte Zacharias Berggump Handschellen angelegt, was dieser ohne Gegenwehr geschehen ließ. »Herr Berggump, ich verhafte Sie wegen Mordes an Aneta Mazur.«

Wie ein Häufchen Elend lag Zacharias Berggump auf dem Boden der Eingangshalle. Eine rote Beule zierte seine Stirn. Max' Mutter hatte ganze Arbeit geleistet. Immer noch benommen versuchte er sich hochzurappeln und hinzusetzen, was ihm mit seinen fixierten Händen nicht gelang, also half Fäustl nach.

»Sie hat sich einfach an meinen Vater rangewanzt und dachte, sie kommt damit durch. Einfach ins gemachte Nest setzen. Und sie hat auch geglaubt, mich um den Finger wickeln zu können, aber da hat sie falsch gedacht. Sie dachte, sie hätte in mir einen Verbündeten. Dass ich nicht lache.« Zacharias spuckte aus.

»Sie haben Sie umgebracht, weil Aneta schwanger war.«

Zacharias nickte. »Sie hat mich ins Vertrauen gezogen, und ich hab sofort gewusst, was das bedeutet.«

»Dass Sie Ihr Erbe teilen müssen«, sagte Max bitter.

»Diese Schlampe wollte doch nur unser Geld. Sie hat in mir einen Freund gesehen und auch erzählt, dass sie eigentlich Journalistin ist und wir eigentlich gar keine so schlechten Arbeitgeber wären.«

»Dann haben Sie bei der Bayernhomecura angerufen, weil Sie dachten, die würden das Problem Aneta für Sie regeln.«

»Haben die aber nicht.«

»Deshalb sind Sie selbst tätig geworden.«

Max und Fäustl griffen Zacharias unter die Arme und zogen ihn nach oben. »Kommen S'! Wir bringen Sie jetzt nach Mühldorf.«

*

In den frühen Montagmorgenstunden stiegen die Temperaturen im bayerischen Voralpenland an. Die letzten Schneereste schmolzen und der Tag begrüßte Max wie ein Vorbote des Frühlings, obwohl es erst zwei Wochen vor Weihnachten war. Vevi würde um acht Uhr entlassen werden. Er hatte in Mühldorf Bescheid gegeben, dass mit ihm erst ab dem späten Vormittag zu rechnen sei, und Fäustl hatte ihm versichert, dass er den Chef im Zaum halten würde. Sie hatten den Fall gelöst, was bei Kunfter sicher keine Lobeshymnen auslösen würde, aber vielleicht einen anerkennenden Händedruck.

Als Max auf der Suche nach einem Parkplatz am Haupteingang des Krankenhauses vorbeifuhr, entdeckte er Vevi, die bereits wartete. Auch sie hatte sein Auto sofort erkannt und setzte vorsichtig einen Fuß vor den anderen in seine Richtung. Er fackelte nicht lange und stellte sich in die Feuerwehreinfahrtszone, sprang heraus und beeilte sich, Vevi entgegenzukommen, um ihr die Tasche abzunehmen und ihr beim Einsteigen behilflich zu sein.

»Du tust ja gerade so, als wär ich schwerbehindert.«

»Nein, das bist du nicht. Aber ein Pflegefall.«

Beide überkam ein befreiendes Lachen.

»Vevi, mir ist in den letzten beiden Tagen einiges klar geworden.«

»Das klingt ernst.«

Er nahm ihre Hand. »Ich habe gemerkt, dass du der wichtigste Mensch meines Lebens bist. Wenn es dir nicht gut geht, dann geht's mir auch beschissen. Vevi …« Er zögerte.

»Jetzt mach's nicht so spannend.«

»Vevi, möchtest du meine Frau werden?«

»Ich dachte schon, du fragst nie.«

»Darf ich dich umarmen, oder hast du noch zu große Schmerzen?«

»Vorher hab ich noch zwei Schmerzhämmer eingeworfen. Einer heftigen Knutscherei steht nichts im Weg.«

»Heißt das also Ja?«

»Natürlich, Herr Kommissar!«

DANKE

Wenn ich auf diese Seiten blicke, dann fällt es mir schwer zu glauben, dass dies bereits mein fünfter Band über Max, Maria Evita (nun wieder Vevi), Fäustl, Fräulein Schosi und Monsignore Hirlinger ist. Ich habe viel Zeit mit meinen imaginären Freunden verbracht. Nun kenne ich sie in- und auswendig.

Entstanden ist der erste Band wegen einer Portion Heimweh, die ich in meinem Anfängerengagement in Nordhausen gefühlt habe. Im Kopf bin ich in meine Heimatstadt abgetaucht, während ich in meinem WG-Zimmer in Thüringen saß. Damals habe ich mir nicht vorgestellt, dass aus meinen ersten Zeilen eine so erfolgreiche Krimiserie werden könnte, aber ich bin überaus dankbar, dass es so gekommen ist.

Viele Menschen haben mir geholfen, im Literaturbetrieb Fuß zu fassen. Allen voran mein Agent Dr. Patrick Baumgärtel und meine unterschiedlichen Lektoren. Jedem Einzelnen möchte ich hier sagen, dass ich von jeder Kritik etwas gelernt habe und ich immer noch dabei bin, mich weiterzuentwickeln.

Sepp Maier, der mir die Ermittlungsarbeit erklärt hat, hat großen Anteil am Erfolg. Ohne ihn hätte ich keinen blassen Schimmer, was es heißt, in einem Mordfall zu ermitteln. Auch wenn Krimis mit dem Polizeialltag nicht wirklich viel gemeinsam haben, so ist eine gute Recherche und Vorlage unerlässlich für eine spannende Geschichte. Tausend Dank, Sepp, für deine Zeit, deine Geduld und deine Mühen!

Ebenso finde ich es toll, mit welchem Engagement und Akribie meine Probeleser ans Werk gingen. Ich habe eure Ratschläge, euer Lob und eure Kritik immer gerne angenommen.

Für diesen Band schicke ich ein Extra-Danke an Sonja Lugauer, die mich sehr bestärkt hat.

Danke an meine Familie, die auf mich im Entstehungsprozess oft verzichten musste. Schriftsteller zu sein ist ein einsamer Beruf, der ohne das Verständnis meines fantastischen Freundeskreises und meiner Angehörigen nicht möglich wäre durchzuhalten. Oft bin ich in einem emotionalen Ausnahmezustand, wenn ich ratlos vor meinem Bildschirm sitze. Mein Umfeld bekommt alle Höhen und Tiefen ab. Danke für euer Verständnis.

Für meine Recherchen zu diesem Band war mir eine ZDF-Reportage aus der Reihe 37 Grad sehr hilfreich, und meine Kollegin Conny Glogger. Ich schätze Conny als Ratgeberin, als Coach, als erfahrene Schauspielerin und als Freundin. Danke!

Ich hoffe, Sie alle hatten Vergnügen mit meinen literarischen Streifzügen durch meine Geburtsstadt, und ich ermuntere jeden, einen Ausflug an die Originalschauplätze zu unternehmen.

Herzlicher Gruß,
Anton Leiss-Huber

Weitere Titel finden Sie auf den folgenden Seiten und im Internet:

WWW.GMEINER-VERLAG.DE